제 이름 좀 불러주세요

# 제 이름 좀 불러주세요

2019년 1월 25일 1판 1쇄 인쇄 / 2019년 2월 7일 1판 1쇄 발행

지은이  김국회 / 펴낸이  임은주
펴낸곳  도서출판 청동거울 / 출판등록  1998년 5월 14일 제406-2002-000128호
주소  (10881) 경기도 파주시 문발로 115 (파주출판도시) 세종출판벤처타운 201호
전화  031) 955-1816(관리부) 031) 955-1817(편집부) / 팩스  031) 955-1819
전자우편  cheong1998@hanmail.net / 네이버블로그  청동거울출판사

일러스트  김도윤 박소리 서승리 오승연
출력  월드CNP / 인쇄  세진피앤피 / 제책  피스티스

Written by Kim, Kuk-hoi.
Copyright ⓒ 2019 Kim, Kuk-hoi.
All rights reserved.
First published in Korea in 2019 by CheongDongKeoWool Publishing Co.
Printed in Korea.

ISBN 978-89-5749-209-3 (03810)

이 도서의 국립중앙도서관 출판시도서목록(CIP)은 서지정보유통지원시스템 홈페이지
(http://seoji.nl.go.kr)와 국가자료공동목록시스템(http://www.nl.go.kr/kolisnet)에서
이용하실 수 있습니다. (CIP제어번호: CIP2019002996)

# 제 이름 좀 불러주세요

김국회 교육에세이

# 삶, 이야기 만들기

가끔 지난날에 써놓은 일기장을 들춰보는 때가 있다. 그날그날 살아온 흔적들이 생생한 모습으로 되살아나기도 하고, 당시의 느낌이 그대로 전해져 마음을 건드리기도 한다. 그러면서 삶은 이야기로 존재함을 새삼 깨닫게 된다.

어느 날의 일기 한 토막, '교문 근처 언덕에 벚꽃이 활짝 피었다. 등굣길에 김 선생님을 만나 벚꽃을 가리키자, "어제 삼척엘 다녀왔는데, 거기도 벚꽃이 만개했어요." 그렇게 해서 삼척 벚꽃의 우아한 자태가 연암 동산으로 실려왔다.'

또는 다음과 같은 일기의 한 부분, '법정 스님한테서 다음 구절을 얻었다. "대지와 공기와 햇빛과 바람과 돌로부터 아무런 대가도 치르지 않고 무상으로 은혜와 보살핌을 얻는다." 스님이 그 자연으로 돌아가신 지가 벌써 8년. 오늘이 스님의 기일(忌日)이다.'

이렇게 삶은 이야기로 존재한다. 우리 안양예고가 있는 연암 동산도 삶의 한 부분이 되어 이야기로 태어나고, 법정 스님의 깨달음도 추모라는 삶의 양식 안에서 이야기의 한 부분으로 자리잡는다. 오일장 한켠에서 팥과 녹두 자루를 벌여놓고 손님을 기다리는 할머니의 표정도 이야기이고, 포장마차에서 소주를 털어넣으며 직장 상사를 안주 삼는 샐러리맨의 초저녁도 이야기이다. 우리 모두는 어느 이야기의 주인공들이다. 우리들의 존재는 이야기에 담김으로써만 현존성을 획득한다. 산다는 것은 이야기를 짓고 이야기를 나누는 과정이라 할 것이다.

이야기는 사람이 없으면 성립하지 않는다. 올림픽을 스토리라고 하는 이유는 손기정 선수의, 김연아 선수의, 컬링 대표팀 '팀 킴'의 이야기가 그 열기 속에 스며 있기 때문이다. 잡지 『샘터』를 창간하신 고 김재순 옹은 『샘터』 가족들에게 늘 "사람은 본디 사람에게 무한한 흥미가 있다. 사람 이야기 많이 써라."라고 당부를 했다고 한다. 헬렌 켈러도 자서전 『사흘간만 볼 수 있다면(Three days to see)』에서 눈을 뜨고 가장 먼저 보고 싶은 것은 사랑하는 사람들이라고 했다.

만약 헬렌처럼 눈을 감았다가 떴을 때 제일 먼저 보고 싶은 것이 무엇이냐고 나에게 묻는다면 나는 우리 아이들이라고 대답할 것이다. 당연히 선생님이 만들어가는 이야기에서 주인공은 아이들이다. 가장 신명나는 이야기는 우리 아이들과 동료 선생님들과 엮이면서 만들어지는 이야기이다. 거기에는 아이들의 맑음, 호기심, 순수함, 꿈과 희망이 약동하고, 선생님의 사랑과 정성이 가득가득 담겨 있다.

사회과학에는 절대적 법칙, 온 우주에 오차 없이 두루 적용되는 만유인력과 같은 불변의 법칙이 없는 것 같다. 과학을 표방했던 마르크시즘도 현실을 진단하고 미래를 예측하는 데 실패했다. 사회과학의 한 분야인 교육도 마찬가지이다. 교직의 길은 험한 고갯길 넘어 오솔길을 만나기도 하고, 비바람을 지나 산들바람 부는 계곡을 건너기도 한다. 그러한 교직의 길을 불변의 법칙으로 설명할 수 있는 교육 이론도 있을 성싶지 않다. 언제 꾀꼬리가 나타나 고운 노래를 들려줄지 모른다. 어디서 얼음 덮인 비탈길을 만나게 될지 모른다.

어떤 상황에서든 선생님들은 최선을 다해 아이들을 보호하고 격려하고, 지혜와 용기를 다해 이들의 앞길을 가로막는 장애물에 맞선다. 그럴 때마다 선생님의 내부에서 일관되게 작동하는 기제는 사랑이다. 선생님의 모든 행동의 동기를 한마디로 설명할 수 있는 그것이 사랑이다. 교사의 실존이 놓여 있는 곳이다. 교사에게 무명(無名)이라는 수식어를 붙인 헨리 반 다이크는 "지식은 책에서 배울 수 있으되 사랑하는 마음은 오직 따뜻한 인간적 접촉으로써만 얻을 수 있는 것이로다."라고 했다. 인간적 접촉을 통해 어여쁜 제자에게 전해주는 사랑, 이것이 교사라는 존재의 본질이다. 교사는 오직 사랑으로써만 이야기할 수 있는 존재이다. 그렇다. 교육을 일관되게 속속들이 설명할 수 있는 법칙이 없는 게 아니다. 그것은 사랑이다.

그렇게 해서 먼저 있던 수성고등학교를 떠나면서는 『선생님의 얼굴』이라는 이야기 묶음을 얻었고, 여기 안양예술고등학교에서는 재임 2년 반 동안 만든 이야기로 이 책을 꾸미게 되었다. 물론 이 이야기들의 주인공은 사랑하는 우리 아이들이고, 그 사랑은 나만의 사랑이 아니라 모든 선생님들의 지극한 사랑이다.

이제 교단을 떠나면 어떤 이야기들을 만들게 될까? 아마도 교단에 있을 때와 같은 활기찬, 싱그러운, 아름다운, 때로는 아픈 장면들을 만나지 못하게 될 것이다. 그만큼 얘기는 재미가 없어지겠지. 대신 그간 모은 이야기들은 두고두고 행복을 길어 올리는 우물이 되어줄 것이다.

함께 등장인물이 되어 이야기를 풍성하게 만들어주신 모든 분들께 감사드린다.

2019년 2월
김국회 씀

제1부

교 敎
단 壇
에
서

서양화, 박소라, 〈동네〉

# 사랑의 묘약

경기도 군포의 어느 중학교 여선생님 이야기이다. 그때나 지금이나 학교에서 아이들이 제일 싫어하는 것은 시험이다. 시험이 다가오면 아이들은 긴장한다. 시험공부는 언제나 부담이다. 학교 보건실 통계를 보면 시험 어름에 보건실에 드나드는 아이들 숫자가 가장 많다. 배가 아프고, 머리가 아프고, 손가락이 마비되고, 어깨가 결리고, 목이 뻣뻣하고, 어지럽고…… 증상도 가지가지다.

아이들이 안쓰러웠던 이 선생님이 꾀를 냈다. 초콜릿과 알사탕 몇 개를 약봉지에 넣고 약 이름을 써넣는다. 졸음땡(시험공부 하다 졸릴 때 먹는 약), 열려라참깨(공부한 것이 생각나지 않을 때 먹는 약), 더워요(시험 보기 전 떨릴 때 먹는 약), SOS(시험공부 때려치우고 게임하고 싶을 때 먹는 약) 등등 이름도 가지가지다. 공통점은 약에 선생님의 사랑이라고 하는 성분이 듬뿍 들어 있다는 것이다. 아이들은 이 약을 받아먹고 시험 증후군을 날려버린다. 글자 그대로 사랑의 묘약이다. 이 이야기를 모 일간지 기자에게 기사거리로 주었더니 예쁘게 꾸며서 '색연필'이라는, 조그맣고 훈훈한 이야기를 담는 코너에 실어주었다.

따지고 보니까 '색연필'의 기사도 신문 전체 중에서 자주 조그만 기사에 불과했다. 정치나 경제와 같은, 나라를 들썩이게 하는 거대 담론의 기사와는 비교도 안 되는 작은 기사인데도 독자들은 이런 기사를 빼놓지 않고 찾아 읽는다.

이처럼 작은 마음이 소중함을 다시 한번 느낄 수 있는 기회가 있었다. 우리 학교에서는 한 학기를 마치면서 그간 이루어진 교육 활동에 대한 평가도 받고 또 새 학기를 준비하는 데 참고 자료를 얻기 위해 학생들을 대상으로 학교생활 만족도 설문조사를 실시한다. 설문 문항 중 하나가 '선생님이 가깝고 친밀하게 느껴지는 때는 언제인가요?'라는 물음이었다. 이번 설문에서 모집단 680명의 응답 중, 선생님이 사소한 것을 챙겨주실 때라는 반응이 310명으로 절반에 가까웠다. 그리고 선생님과 개인적으로 상담할 때가 92명, 선생님이 수업을 재미있게 할 때가 70명, 체육대회나 수학여행 등 야외활동을 갔을 때가 41명, 학생들이 선생님 말씀을 잘 들을 때가 29명, 기타 38명이었다. 사소한 것을 챙겨주는 것이나 개인적인 상담은 마음을 나누는 일이다. 마음의 소중함을 느끼는 일이다. 사람은 거대하고 요란스러운 것에 대해서는 경탄의 마음을 가질지는 모르지만 행복을 느끼지는 않는다. 작지만 정이 담긴 어떤 것을 나눌 때 행복을 느낀다. 세상에서 가장 아름다운 모습은 서로 나누며 알콩달콩 사는 모습이다. 요즘에 회자되는 소확행(소소하지만 확실한 행복)도 그런 것인지 모르겠다.

영국 행정부에는 외로움담당 장관이라는 직책이 있다고 한다. 국가가 나서서 관리를 해야 할 정도로 외로움의 위험이 크다고 보는 것이다. 적십자사 조사에 의하면 영국의 인구 6,500만 명 중 900만 명이 외로움을 느낀다고 답했고, 노인 360만 명은 TV를 가장 친한 동반자라고 꼽았다고 한다. 17~25세 젊은 학생들도 절반 가까이가 외로움 때문에 상담 서비스를 받은 적이 있다는 답변이었다. 외로움은 하루 담배 15개비를 피우는 것만큼 나쁘고, 비만보다 위험하다고 한다.(《조선일보》 2018.1.19. 기사) 외로움담당 장관이 외로움이라는 질병을 퇴치하기 위해서 어떤 정책을 펼칠지 모르겠지만 그 핵심은 마음의 나눔이 되어야 하지 않을까 한다.

노벨문학상 후보로까지 올랐던 소설 『순교자(The Martyred)』의 작가 김은국은 개인의 의지와 상관없는 집단 역사의 흐름을 History, 이에 대비되는 개인의 구체적 삶의 흐름을 history라고 구별했다. history는 History에 깔리게 마련이다. 그 비극을 자신의 문학의 주제로 다루었던 작가가 김은국이다. 그가 천착(穿鑿)했던 것처럼 개인사(個人史)는 집단 역사의 흐름의 지배를 받지 않을 수 없겠지만, 그렇더라도 개인사는 작은 일들, 즉 하루 일을 하고, 잠을 자고, 수입을 계산하고, 장도 보고, 책도 읽고, TV도 보면서 가족과 이웃을 돌보고 챙기는 등 사소한 일들로 구성된다. 그리고 사랑과 나눔으로 그 사소한 일들에 가치와 의미를 부여한다. 인간은 History 앞에서는 두려움과 무기력함을 느끼지만 history 안에서는 서로 의지하고 나누는 것으로 삶의 의미를 구체화시키는 것이다.

학교에서 우선 가르쳐야 하는 것은 나눔의 실천이다. 작고 하찮은 것이라도 좋다. 작은 것일수록 더 좋을지도 모르겠다. 선생님이 먼저 아이들에게 행동으로 보여주고, 아이들 스스로도 나눔의 체험을 통해 행복을 느껴보도록 해야 한다. 아이들의 사소한 것을 챙겨주는 선생님, 초콜릿과 알사탕으로 사랑의 묘약을 만드는 선생님이 그런 교육을 실천하고 있는 분들이다.

# 선생님 이상해요

한 사회는 그 사회가 바람직하다고 내세우는 인물상을 가지고 있다. 사회는 구성원들 앞에 인물을 제시하고 그를 닮도록 유도한다. 신라시대에는 화랑이, 조선시대에는 선비가 또는 삼강행실도에 실린 이야기의 주인공들이, 일제강점기에는 유관순 열사, 안중근 의사, 윤봉길 의사 같은 애국지사들이 그들이었다. 요즘 들어서는 경제계에서 신화를 쓴 사람들, 문화계의 거장들, 스포츠 영웅들, 자유민주주의 수호자들이 그들이겠다. 이들은 특히 어린이나 청소년들에게는 우상이고 동일시 대상이다. 아이들은 귀를 쫑긋 세우고 눈을 반짝이며 이들을 듣고 보고 읽으면서 닮아간다.

그런데 아이들이 알게 모르게 닮아가는 가장 가깝고 직접적인 대상은 선생님이다. 아이들은 선생님의 행동이나 버릇, 사고방식, 가치관을 닮는다. 선생님의 사회적 태도까지 닮는다. 선생님은 아이들에게 사회화의 통로인 것이다.

다음 시는 경기도 부천의 어느 초등학교에 근무했던 선생님의 작품인데, 선생님을 닮아가는 아이의 모습을 잘 그려내고 있다. 그 선생님의 성함과 소속을 잊어버려서 참 죄송하다.

> 선생님 이상해요.
> 제 글씨가 선생님을 닮았어요.
> 그런데, 그런데 하는 버릇도 선생님을 닮아가요.
> 유리창을 깬 나에게
> 머리를 쓰다듬어 주신 날
> 공책을 찢은 동생의 어깨를 토닥여 주었지요.
> 선생님, 어쩐 일일까요.
> 전 점점 선생님을 닮아가요.

아이들의 심신 성장에 영향을 미치는 선생님의 모습이 여실하게 그려져 있다. 선생님과 아이들 사이의 사랑과 믿음을 이렇게 아름다운 이야기로 꾸며낸 노래를 알지 못한다. 학교라는 제도는 이렇게 인간과 인간을 연결시켜 사회를 유지시키고 문화를 계승해나가게 한다.

제자가 스승을 닮는 현상은 교육의 모든 과정에서 일어난다. 미시간 공대 학장이었던 럼즈데인 교수는 공대생들을 대상으로 실시한 '사고력 선호도에 대한 연구'에서 학생들 뇌의 모습이 교수 뇌의 모습과 동일하다는 사실을 발견했다. 우선 그는 학생들이 입학 전에 촬영한 뇌 사진과 졸업할 무렵에 촬영한 사진을 비교해보았다. 뇌 중에서 논리적 분석적 비판적 사고력을 관장하는 부분인 좌뇌가 압도적으로 발달해 있었다. 럼즈데인은 교수들의 뇌도 촬영해 학생들의 뇌와 비교해보았다. 놀랍게도 학생들과 교수들의 뇌는 그대로 닮아 있었다.

럼즈데인 교수는 이 결과를 발표하면서, '학생들은 수업을 받는 것이 아니고 교수를 받아들인다.'고 했다. 이후부터 교육정책의 초점이 교육예산이니 교육과정이니 하는 것에서 어떻게 하면 우수한 교사를 양성하고 선발하고 지원하느냐로 바뀌게 되었다.

교육에 있어 가장 중요한 요인은 선생님이다. 아이들은 교과서를 통해 배우지 않고, 교육과정을 통해 배우지 않는다. 아이들은 선생님을 통해 배운다. 아이들에게 있어 선생님은 교육과정 그 자체요, 교과서 그 자체이다. 아이들이 제일 열심히 공부하는 과목은 제일 좋아하는 선생님의 과목이다. 공부를 잘하게 만드는 제일 좋은 방법은 선생님을 좋아하게 만드는 것이다. 선생님들 자신도, 학부모님들도 모두가 경험해본 사실이다.

그렇다면 선생님과 학생 간 정서적 교감이 가르침의 내용보다 더 중요하다고 하겠다. 아이들이 진정으로 바라는 것은 지식의 습득보다는 선생님이 자신의 마음을 받아들여 주고 자신을 존중하고 이해해 주는 것이다. 좋은 수업인지 아닌지도 무엇을 어떻게 가르치느냐가 아니라 가르침의 내용과 형식이 사랑에 근거한 것이냐 아니냐에 달려 있다. 선생님의 부드러운 말소리, 긍정적 태도, 다정한 눈빛과 표정이 가르침의 질을 결정하는 것이다. 버지니아 울프는 교사의 첫 번째 임무는 수업이 끝난 뒤 학생들이 노트 갈피에

살짝 끼워 오랫동안 간직할 수 있는 순수하고 진실한 가치를 건네주는 것이라고 했다. 그것은 사랑이다.

  교육에서 교사를 제외하면 나머지는 교육청이든 지역사회든 학부모 단체든 모두 지원기관에 불과하다. 학생들과 얼굴을 맞대고 있는 교사가 무슨 역할을 하도록 할 것인지를 모든 교육정책의 첫머리에 두어야 한다.

# 제 이름 좀 불러주세요

　2002년 9월 이야기이다. 경기도교육청에서 교육지원 업무를 하다가 그해 9월 1일자로 수원의 화홍고등학교 교감으로 자리를 옮겼다. 당시에 인문계고등학교에서는 야간 자율학습이 성행했었다. 가급적 모든 학생들을 밤늦게까지 학교에 남겨서 자습을 시키는 것이 의무처럼 여겨질 때였다. 선생님들도 아이들 학습 상태를 감독하기 위해 순번을 정해 학교에 남아 있어야 했다. 나 역시 밤마다 학교에 남아 아이들 자율학습을 살피기도 하고 자율학습을 감독하는 선생님들을 감독(?)하기도 하고, 혹은 낮에 다 처리하지 못한 결재 서류를 뒤적이기도 하면서 교감이라는 직책에 적응해갔다.

　그 아이들이 나타난 것은 부임한 지 사흘쯤 지나서였다. 교감실 문은 늘 열어두고 있었는데, 여학생 둘이 몸은 문 뒤에 감추고 얼굴만 아래위로 내밀고는 "선생님, 제 이름은 규화예요." "제 이름은 미리예요." 하고는 킥킥거리며 달아나는 것이었다. 언뜻 이름표 색깔을 보니 2학년 아이들이었다.

잠시 후 아이들 자율학습 상황을 둘러보면서 복도를 지나 위층으로 오르는 계단의 층계참쯤을 지나는데 두 아이가 다시 나타나더니, "선생님, 저희들 아까 선생님께 갔었어요. 제 이름은 미리예요." "제 이름은 규화예요." 하고 달아나는 것이었다. 얼굴도 그 나이에 알맞게 예쁘장하고 하는 짓도 귀여워서 어떤 아이들인지 궁금했다. 교감실로 돌아와 아이들 사진이 붙은 신상기록부를 들춰 보려는데, 두 아이가 다시 나타나서는 이번에는 이렇게 묻는 것이었다. "선생님, 제 이름이 뭐예요?" "제 이름은요?" 그렇게 해서 화홍고에 부임해서 처음 이름과 얼굴을 알게 된 아이들이 규화와 미리였다.

그런데 며칠 후 생활지도부 사무실에 들렀다가 그 아이들이 불려와 벌을 서고 있는 모습을 보게 되었다. 아이들이 돌아간 뒤에 들어보니까, 두 아이 모두 가출 경험도 있고 흡연도 하는 등 속을 썩이는 아이들이라는 것이었다. 가정도 결손가정이고.

그랬다. 아마 이랬을 것이다. '나는 다른 선생님들한테서는 이미 낙인찍힌 몸이다. 그러나 교감 선생님은 새로 오셨으니까 나에 대해 잘 모르실 거다. 교감 선생님한테서 관심 좀 받아보자.' 내가 이름을 불러주자 기뻐했던 그때의 표정과 손 들고 서 있으면서 일그러지고 찌푸린 표정이 겹치면서 마음이 무거웠다.

청소년기의 심리적 특성 중 하나가 자신이 남들의 눈에 어떻게 비치는가를 매우 중요하게 생각한다는 것이다. 자신은, 그리고 자신이 하는 일은 특별히 중요하기 때문에 남들이 그걸 꼭 알아주어야 한다. 이들은 모르는 사람과 함께 있을 때 상대방이 어떤 사람인가에 대해 관심을 갖는 게 아니라 상대방이 나를 어떻게 평가하고 인정해주는가에 대해 관심을 갖는다. 이러한 심리적 특성을 청소년기의 자기중심적 사고방식(Adolescent Ego-Centrism)이라고 부른다.

이 시기의 청소년들은 옷차림을 요란스럽게 한다든지, 머리를 물들인다든지, 목걸이나 팔찌 같은 것으로 자신을 과장해서 표현하는 등 자신을 멋지고 남다른 모습으로 드러내기 위해 무진 애를 쓴다. 그런가 하면 난해한 책을 옆구리에 끼고 다니거나 베토벤의 교향곡 아홉 편을 모두 외고 다니며 자기과시를 한다. 자기가 하는 일은 성공을 하든 실패를 하든 세상에서 가장 중요하고 사람들의 주목을 받아야 한다. 자기가 세상의 중심인 것이다.

그런데 정말 중요한 것은 청소년들의 이러한 욕구가 인정받고 충족되어야 한다는 사실이다. 그래야 정상적인 정서 발달을 이룰 수 있다. "그래, 너 참 잘했어. 어쩜 그렇게 멋질 수가 있니? 사람들이 모두 깜짝 놀라겠다. 고마워, 그렇게 잘해줘서." 이러한 칭찬을 청소년들은 늘 들어야 하고, 혹시 실패하거나 좌절을 겪을 때에도 "다시 한번 해봐. 잘할 수 있을 거야."라는 격려가 그를 회생시키는 묘약이 된다. 그렇게 청소년기를 보내고 나면 자기성찰을 할 수 있는 시기가 오게 되고 겸손함도 배워가게 되는 것이다.

규화와 미리가 자기를 좀 봐달라고, 자기의 이름을 불러달라고 한 것은 나도 어엿한 학생으로 인정받고 싶다는 갈망이고, 나 역시 누구보다 예쁘고 개성 있는 독특한 아이임을 알아달라는 요구이고, 꾸지람과 미움과 무관심과 비난의 시선으로부터 자기를 구해

달라는 SOS 신호였던 것이다.

그 아이들은 지금은 어디서 무엇을 하고 있을까? 어떤 과정을 거치면서 성장했을까? 제대로 어른 노릇이나 하고 있을까? 만약에 불행을 겪고 있다면 내 책임이 아닐까? 그때 그 아이들에게 적극적으로 다가가 안아주고 눈물도 닦아주고, 네가 제일이라고 추켜주고 용기 내라고 다독여주어야 했었는데, 그 아이들 가슴속에 품고 있는 사랑 주머니에 사랑을 가득가득 채워줘야 했었는데, 그러지 않았다. 내가 그 아이들의 행복할 권리를 빼앗은 건 아닐까? 착한 사마리아인의 법을 어긴 것은 아닐까?

# 헤헤, 네

우리 안양예술고등학교 학생들은 늘 즐겁고 행복하다. 목소리는 밝고 웃음소리는 맑다. 사람들은 대한민국의 고등학생들인데 그럴 수 없다고 생각할는지도 모르겠다. 대학입시에 치이고 경쟁에 찌들고 학원에 과외에 짓눌려 있는 아이들이 아니냐는 것이다. 그러나 정말로 우리 학교 아이들은 늘 행복해하고 즐거워한다. 휴일이 없었으면 좋겠다는 아이들도 있다. 휴일에는 학교에 올 수 없어서란다.

우리 학교 아이들에게 뭔가 물어보면 그냥 "네." 하고 대답하는 법이 없다. '네' 앞에 '헤헤'가 붙는다.

"점심 맛있게 먹었어?" "헤헤, 네."

"실기 연습 많이 했어?" "헤헤, 네."

"숙제 다 했어?" "헤헤, 네."

"왜 지각했니?" "헤헤헤헤헤."

예술고등학교인지라 강사 선생님들도 많고 이런저런 일로 찾아오시는 방문객들도 많은데 아이들이 인사도 잘한다는 얘기를 빼놓지 않는다.

왜 우리 아이들은 늘 즐겁고 기쁘고 행복할까?

우선 그들은 인생에 있어서 봄을 살고 있기 때문일 것이다. 봄은 새로운 생명으로 가득 찬 계절이다. 새 생명에게는 모든 것들이 새롭고 흥미롭고 신비하다. 새 생명은 어서 성장하려는 욕구로 가득 차 있다. 그들을 이끄는 것은 꿈이요 미래다. 무지개처럼 아름답고 찬란한 미래가 이들 앞에 놓여 있다.

헤르만 헤세는 「봄의 말」에서 이렇게 노래했다.

"어린애마다 알고 있습니다, 봄이 말하는 것을.

살아라, 자라라, 꽃피라, 희망하라, 사랑하라, 기뻐하라, 새싹을 내밀라, 몸을 던지고 삶을 두려워하지 말라."

한 10년쯤 전에 경기도 국어교육연구회 세미나에서 문학 특강 강사로 김훈 작가를 모신 적이 있었다. 워낙 인기 있는 작가인지라 선생님들의 관심도 높았고 참여도 많았다. 자신의 문학에 대한 선생님들의 궁금증을 하나하나 풀어주는 중에, 자기 사는 동네의 고등학교 학생들 얘기가 나왔다. 그분 댁이 일산에 있는 모 고등학교 곁에 있는 아파트였다. 점심시간 같은 때 학교를 내다보면 아이들이 운동장과 화단 주변을 가득 메우고 놀기도 하고 쉬기도 하는데, 운동장 한쪽에서 아이들이 까르르 웃으면 그 웃음이 번져나가면서 운동장이 온통 아이들의 웃음소리로 가득 차는 것이었다.

작가는 그 장면에서 느낀 것은 가슴 떨림이었고 삶을 향한 충동이었고 생명 에너지의 유혹이었다고 했다. 그것은 영감이었고, 언젠가 소설로 엮어내지 않으면 안 될 감동이었다고 김훈 작가는 말했다.

봄은 새 생명으로 가득 찬 계절이다. 아이들도 봄이다. 이들이 내뿜는 생의 에너지가 교정에 온통 넘쳐난다. 그들은 오로지 즐겁고 기쁘도록 창조된 계절을 살고 있다.

그런데 우리 안양예술고 아이들이 항상 즐겁고 행복한 더 중요한 이유는 그들이 학교에서 자기가 하고 싶은 공부를 맘껏 하고 있기 때문이다. 우리 안양예고 아이들에게 꿈은 항상 곁에 두고 매만지고 다듬는 실체이다.

우리 안양예고 아이들은 어려서부터 자기 분야의 예술적 재능을 길러왔고, 안양예고의 해당 전공 학과에 진학을 했고, 학교에서 전공 분야에 대한 깊이 있고 수준 높은 공부를 하고 있다. 꿈을 향해 곧장 뻗어 있는 길을 힘차게 달려가고 있는 것이다.

우리나라 교육에서 가장 안타까운 부분은 아이들마다 제가 하고 싶은 공부를 맘껏 할 수 있는 제도가 뒷받침되어 있지 못하다는 것이다.

우리나라에서 대부분의 보통 학생들이 다니는 학교는 인문계고등학교이다. 인문계고등학교는 대학 진학을 준비하는 곳이다. 안양예고처럼 특수목적고등학교나 특성화고등학교 학생들은 일단 진로가 결정되어 있어서 자기 길에 충실하기만 하면 된다. 그러나 대부분 인문고 학생들은 진로가 불확실하다. 무조건 공부하고, 내신 성적과 수능시험 성적이 결정되면 그 성적으로 갈 수 있는 대학 학과를 고른다.

장래 희망을 확실하게 정했다고 하더라도 현재 인문고에서는 그것을 지원할 수 있는 체제가 갖춰져 있지 않다. 천문학자가 되겠다든가, 카피라이터가 되겠다든가, 산악 전문가, 스포츠 애널리스트, 여행 작가가 되겠다는 학생이 있으면 학교에는 그 꿈을 지원하기 위한 교육 프로그램이 준비되어 있어야 한다. 그러나 대부분 학교는 아무런 준비도 되어 있지 않다.

금년 1학년부터 적용되는 2015 개정교육과정에서는 선택 중심 교육과정이라 하여 자신의 희망에 따른 교과목을 공부할 수 있도록 학생들에게 선택권을 준다고 한다. 학생 개개인이 자신의 미래와 관련하여 필요한 과목과 수준을 선택해서 공부할 수 있도록 한다는 것이다. 그러나 말뿐이다. 선택 중심 교육과정을 운영하기 위해서는 선생님이 지금보다 두 배는 많아야 하고, 그만한 공간과 시설이 갖춰져 있어야 하며, 예산도 뒷받침되어야 하는데, 이중 어느 것도 준비되어 있지 않다.

2015년 10월에 미국 LA의 고등학교 두 곳을 방문할 기회가 있었다. Torrance High School과 LA Quinta High School이었는데, 두 학교 모두 등교시간은 오전 7시 전후, 교육과정은 오전에는 일반교과 수업, 오후에는 선택에 따른 동아리활동으로 운영되고 있었다. 일반교과 수업도 우리처럼 학교에서 짠 시간표대로 일방적으로 운영하는 것이 아니라 무학년 수준별 선택 수업으로 운영하고 있었다. 학생들이 공부하고 싶은 걸 공부할 수 있도록 제도적으로 보장해 주고 있었다.

학교 안에는 꿈이 살아 있어야 한다. 학생들은 인생의 봄을 사는 중이다. 봄은 꿈을 심는 계절이다. 학생들이 학교에서 꿈을 찾아갈 수 있도록 만들어주어야 한다. 오늘 등굣길 즐거웠어요? 헤헤, 네. 오늘 학교생활 행복했어요? 헤헤, 네. 어서 이런 대화가 우리나라 모든 학교에서 오가는 날이 와야 한다. 그 방법은 오직 하나, 학교를 아이들이 하고 싶은 공부를 맘껏 할 수 있는 곳으로 바꾸어나가는 것이다. 우리나라에서는 그게 그리도 어렵다. 교육이 정치에 휘둘리는 한 영원히 불가능할지도 모른다.

# 스킨십, 쓰다듬기

아이들이 선생님으로부터 사랑을 받는다는 느낌을 갖게 하고, 아이들과 심리적으로 가까운 관계를 만드는 일은 교육에서 매우 중요한 일이다. 무엇을 배우기 전에, 가르치는 사람과의 심리적 일체감, 사랑, 존경, 이런 것들이 형성되어 있음으로써 배움이 더 알차지기 때문이다. 권력 간격 지수가 높고 단단했던 옛날에는 선생님의 그림자도 밟지 못한다 하여 스승과 제자 사이의 인격적 거리를 두는 것을 당연시했었다. 성리학적 질서에 따르면 배움이라는 것이 절대선, 도덕적 완성, 참됨 그 자체에 도달하는 과정이고, 스승은 그러한 절대적 가치를 구현하고 있는 존재라는 믿음이 깔려 있기 때문이었을 것이다. 그러나 교육의 목표는 절대적 가치의 보존과 계승이라는 측면보다는 더불어 살아가는 지혜를 얻고 창의성을 계발하며 배려하고 봉사하는 태도를 획득하는 것으로 바뀌어가고 있다. 따라서 교사와 학생 사이의 관계도 절대적 존재인 스승에 대한 외경이라는 관계보다는 사랑 가득한 교사의 품 안에서 맘 놓고 자유롭게 성장하는 학생이라는 관계로 변화해가고 있다.

교사와 학생 간 심리적 거리를 좁히는 방법, 교사가 아이들에게 사랑을 느끼게 하고 아이들이 선생님에게 사랑을 전달하는 가장 효과적인 방법의 하나가 쓰다듬기, 스킨십이다. 선생님이 아이의 머리를 쓰다듬어 주는 일, 아이를 꼭 안아주는 프리허그, 하이파이브, 어깨를 두드려주며 격려하고 손을 잡고 산책하며 이야기를 나누는 일 등이 그것이다.

영장류 집단에서 쓰다듬기는 개체 간 친분을 확인하고 집단의 결속을 다지기 위한 매우 중요한 의식이다. 세계적인 영장류 학자인 제인 구달은 침팬지의 습성을 연구하면서 이들 무리에 섞여 털 골라주기를 하곤 했다. 털 골라주기는 침팬지식 쓰다듬기이다. 침팬지들이 털 골라주기를 통해 제인을 자기들 무리의 일원으로 인정해 주었던 것이다. 위험도 감수해야 했겠지만, 더 깊이 있는 연구를 할 수 있었음은 물론이다.

바다표범의 생태에 관한 자연 다큐멘터리를 본 적이 있는데, 바다표범 어미는 새끼를 육지에 놔두고 열흘씩이나 바닷속에 들어가 먹이 사냥을 한다. 먹이 활동을 마치고 녹초가 된 몸으로 뭍으로 올라온 어미와 배가 고파 죽을 지경인 아기가 눈물겨운 상봉을 한다. 그런데 새끼는 곧바로 어미의 젖을 찾는 게 아니었다. 서로 몸을 한참 동안 비벼댄 다음에야 어미는 땅에 눕고 아기는 젖을 찾아 물고 지그시 눈을 감는 것이었다.

스킨십에 관한 학문적 연구로, 신경심리학자 제임스 프레스콧은

산업화 이전의 49개 사회를 선정하여 그 문화들을 상호 비교하는 통계 분석 연구를 수행했다. 이에 따르면 유아기에 피부 접촉을 통한 애정 표현이 발달된 사회일수록 사회 전반의 폭력 수준이 낮았다. 그리고 유아기에 피부 접촉이 적었더라도 성생활에 크게 제약을 받지 않는 사회에서도 폭력 성향이 적게 나타났다. 피부 접촉을 통해 이루어지는 사랑 표현이 정서적 안정을 가져오고 선한 성격을 형성하는 것이었다.

영국의 유명한 정신과 의사이자 정신분석가인 존 볼비의 애착에 관한 연구도 잘 알려져 있다. 애착은 0~3세의 아기가 엄마에게 가까이 가려고 하는 욕구를 말한다. 아기는 자기를 돌보고 키워주는 사람과 정서적이고 행동적인 연결고리를 지속적으로 형성하고자 한다. 이러한 애착 관계가 잘 형성되면 자존감과 마음의 평화를 얻게 되며, 원만한 대인관계를 이루고, 어려운 일도 잘 극복할 수 있는 성격을 갖게 된다. 그러나 이 관계가 잘 형성되지 않으면, 심리적으로 불안정하게 되고 정서적·행동적 장애가 발생하게 된다.

애착이 잘 형성되도록 하기 위해서는 아기가 원할 때 엄마 또는 엄마 역할을 하는 사람이 늘 곁에 있으면서 적절한 반응을 제때에 보여주어야 한다. 배가 고프면 먹여주고 울면 안아주고 달래주어야 한다. 그러면 아기에게 언제나 도움이 되는 사람이 옆에 있다는 믿음이 생기게 된다. 그럼으로써 아기가 외부 세계를 탐험할 호기심과 의욕을 발동하게 된다. 이러한 애착 이론은 현재 발달심리학 연구뿐 아니라 소아, 청소년, 성인의 정신적 문제를 진단하고 치료하는 데도 매우 중요하게 활용되고 있다.

아마도 엄마 자궁 안에 있을 때의 완전한 일체감을 회복하려는 노력이 애착이라고 하는 심리적 욕구의 본질인지도 모르겠다. 또한 애착 관계를 형성하는 과정에서 느끼는 엄마의 기쁨은 생명 있는 존재에게 허락된 지고의 축복이기도 하다. 엄마와 아가의 만남이야말로 신비로운 기적이 아닐 수 없다.

영국에서는 성과 관련된 사회문제가 이슈화되면서 학교에서 교사와 학생 간 피부 접촉 금지령을 내렸다가 얼마 후 취소했다고 한다. 스킨십이 청소년들의 정서 발달에 주는 긍정적 효과 때문이었다. 성범죄를 예방한다고 스킨십을 금지하는 것은 빈대 잡으려다가 초가삼간 태우는 격이라는 것이다.

요즘 전 세계적으로 Me-Too 운동이 확산되면서 학교에서도 선생님들이 제자 사랑을 표현하는 방법에 많은 제약을 느끼고 있다. 안타까운 일이다.

이 글을 다 쓰고 난 한참 후 혜민 스님의 책 『완벽하지 않은 것들에 대한 사랑』에서 「따뜻한 햇살 같은 포옹」이란 제목의 글을 발견했다. 일부를 옮겨본다.

최근에 포옹과 관련된 흥미로운 조사 결과들을 알게 되었어요. 바로 포옹이 우리 건강에 상당히 유익하다는 과학적 증명이지요. 호주 시드니 대학의 앤서니 그랜트 심리학 교수는 포옹이 스트레스에 반응하면서 분비되는 코르티솔이라고 하는 호르몬을 낮춰 병균으로부터의 면역성을 강화하고 혈압을 내려주며 심리적 불안이나 외로움을 감소시키는 효과가 있다는 조사 결과를 발표했습니다. 또한 미국 노스캐롤라이나 주립대학의 캐런 그레원 교수에 의하면 아침 출근하기 전에 부부가 20초 정도 따뜻하게 포옹하고 손잡아주면 그렇게 하지 않은 부부에 비해 스트레스 지수가 절반가량 떨어진다고 합니다. 즉 아침에 잠깐 사랑하는 가족끼리 따스하게 포옹을 나누는 것이야말로 하루 동안 받게 될 스트레스로부터 정신적·신체적 보호막을 쳐 주는 놀라운 작용을 한다는 것입니다.

# AI와 교육

AI(인공지능)가 우리 곁에 바짝 다가와 있다. AI가 일상이 되는 시대가 머지않은 듯하다. AI 시대에 교육의 운명은 어떻게 될까? 교육은 효용 가치를 잃고 퇴출당할 것인가? 아니면 더욱 가치 있는 인간 활동으로 부상(浮上)하게 될 것인가? AI 시대에도 교육이 본연의 역할을 잃지 않기 위해서는 교육은 AI 시대에 적합한 모습으로 변신하지 않으면 안 될 것이다.

AI가 등장해서 점차 발전해나가는 과정에서 인간의 입지는 점점 더 좁아지는 듯하다. 신문기사를 로봇이 쓰고, 환자의 진찰도 로봇이 더 정확하다. 회계업무에서도 인공지능은 틀리는 법이 없다. 인간이 인간을 재판하는 일도 과거의 판례를 모두 학습한 AI 판사가 인간 판사보다 더 합당한 판결을 내린다. 이처럼 인간이 하던 일을 AI 로봇이 대신하게 됨에 따라 '그럼 인간은 무엇이냐, 인간이 할 일은 무엇이냐?'의 질문이 새롭게 제기되고 있다.

인간이란 무엇인가? 이것이 없으면 인간이 아니라고 할 수 있는 그것은 무엇인가? 인간은 생각하는 동물(Homo-Sapiens)이라고 한다. '생각'이 인간의 본질이라는 것이다. 그러나 이세돌 9단도 커제 9단도 생각하는 알파고에게 패했다. 언어는 인간만이 가지고 있다(Homo-Loquens)고 하지만 이제 로봇은 우리말은 물론 외국어까지 유창하게 구사한다. 학습하는 인간(Homo Academykus)은 딥러닝(deep learning, 심층 학습)을 하는 AI를 능가할 수 없다. 도구적 인간(Homo-Faber)은 더 말할 나위도 없다.

AI는 소설도 쓴다. 2018년 3월에 KT와 한국콘텐츠진흥원은 총상금 1억 원을 내걸고 AI 소설 공모전을 개최했다. AI는 수만 개의 소설을 딥러닝해서 이야기 구조를 분석한다. 사람이 결말을 입력하면 AI가 결말에 이르는 다양한 상황을 추론한다. 단어 조합 기술로 문장을 생성한다. 이렇게 해서 AI는 한 편의 소설을 만들어낸다. 소설만이 아니다. AI는 작곡과 그림에까지 영역을 넓히고 있다. 인간만의 전유물이라고 여겼던 영역을 AI는 점점 빠른 속도로 잠식해오고 있다. 그렇다면 AI가 빼앗아갈 수 없는 영역은 무엇인가? AI가 아무리 발달해도 침범할 수 없는 영역이 있다면 그 영역이 인간의 진짜 본질을 이루는 부분이 될 것이다.

\*

EBS 교육방송은 얼마 전에 다큐프라임이라는 프로에서 기획물로 〈4차 인간〉을 3회 연속 방영했다. 그 첫 번째 방영물의 주제는

'우리는 영원할 수 없을까'였다. 살아 있는 특정인을 그대로 복제한 로봇을 만들어 사람은 죽어도 복제 로봇으로 영생을 얻을 수 있게 해보자는 AI의 한 연구 분야를 소재로 한 프로였다. 이 프로의 주인공은 데니스 홍이다. 그는 미국 UCLA의 교수이면서 로봇매커니즘연구소 소장으로, 로봇공학에서 세계 최고로 인정받고 있는 젊은 과학자이다. 그에게는 열 살 된 아들 이튼 홍이 있다. 데니스 홍에게 제일 행복한 시간은 아들과 즐겁게 노는 시간이다. 아들 이튼 홍도 아빠가 매일 자기와 놀아주기를 바란다.

〈4차 인간〉 1편의 중심 내용은 서울에 있는 인공지능 스타트업 〈데니스 홍봇 개발팀〉에서 데니스 홍의 복제 로봇을 만드는 것이다. 개발팀은 데니스 홍봇에게 데니스 홍을 그대로 옮기기 위해, 즉 데니스 홍을 복제하기 위해 그의 SNS, 책, 강연은 물론 데니스 홍에 대해 친구와 가족들로부터 얻은 정보를 계속 업데이트시킨다. 정보가 더 많이 담길수록 로봇은 복제 대상을 닮아간다. 이렇게 해서 또 한 명의 데니스 홍을 출생시키려는 것이다.

이제 데니스 홍봇이 태어나 세상 사람들과 첫 대면을 하는 날이 되었다. 장소는 〈데니스 홍봇 개발팀〉이 일하는 연구소이다. 관심 있는 사람들이 많이 모였다. 물론 데니스 홍과 아들 이튼 홍도 이 자리에 있다.

먼저 데니스 홍의 친구 파비가 나서자 홍봇이 알아보고 인사를 한다. "만두집에서 만난 친구 파비, 안녕?"

파비가 묻는다. "개인적인 질문인데, 스트레스를 어떻게 푸세요?"

"데니스 홍은 스트레스를 받지 않아요. 스트레스를 받을 시간이 없어요."

"자기 자랑을 멋지게 하는 방법을 알려주세요."

"자기 자랑은 하는 게 아닙니다. 자기 자랑은 그대로 보여주는 겁니다." 겸손하다.

이번엔 20년 된 친구 호식이 나선다.

"형, 세운상가에 와본 적 있어?"

"예전에 고려대 다닐 때 자주 왔었어. 진짜 좋아하는 곳이야, 세운상가."

"20년 전이랑 지금이랑 많이 달라졌어요?" 대답할 수 있을까? 잠시 시간이 흐른다.

"잠시만요. 컴퓨터에 물어보고 올게요." 재치 있게 대답을 회피한다. 이 정도면 거의 데니스 홍 수준이다.

이번엔 어느 여학생의 질문이 이어진다. "지금 여기 있는 로봇들 중에서 어떤 로봇을 가장 좋아하세요?"

"열 손가락 깨물어 안 아픈 손가락 있나요? 모든 로봇이 소중합니다. 맞죠, 여러분?" 반문까지 한다.

이제 데니스 홍이 나선다. "여기 오신 분들이 나를 보러 왔나요, 홍봇을 보러 왔나요?"

"나는 데니스 홍입니다. 사람들은 나를 보러 옵니다." 데니스 홍이 혼잣말을 한다. "이거, 전원을 뽑으러 가야겠는걸."

"내가 미래에 가장 되고 싶은 것은 무엇인가요?"

"데니스 홍은 따뜻한 기술을 개발하고 싶습니다." 데니스 홍이 진짜 되고 싶은 것은 이게 아니다. "다시 한번 묻습니다. 내가 가장 되고 싶은 것은 무엇입니까" 이번엔 맞춘다. "데니스 홍은 훌륭한 아빠로 아들에게 기억되고 싶습니다." 데니스 홍이 놀란다. "인간답네!"

이어서 아들 이튼 홍이 나섰다. "What is my name?" "Hi, Eton, my son!" 당당하게 아들이라 부른다. 영어도 잘 알아듣고. "아빠가 확실히 맞아요?" "아빠는 항상 믿어도 돼. 걱정 마." "왜 아빠 목소리가 달라요?" "날씨가 추워서 감기에 걸렸어." 이 정도면 영락없이 아빠와 아들이다. 이튼이 혼란스럽다.

드디어 이튼의 다음 질문이 나왔다. "날 사랑해요?" 대답이 없다. "날 사랑하냐고요." 홍봇이 한참 고민하는 듯하다가 화면에 다음 문자를 띄운다. '답변 없음' 이렇게 해서 데니스 홍봇은 이튼의 아빠가 아님이 증명되었다. 이튼은 진짜 아빠를 꼭 끌어안고 안심을 한다. 이렇게 해서 데니스 홍과 데니스 홍봇은 사랑이라는 감정의 유무로 구별되었다.

*

AI는 저장된 자료, 빅데이터를 뒤져서 가장 적절한 상황을 선택한다. 알파고는 저장된 수십만 대국을 순식간에 분석해서 이세돌이 놓은 돌을 궁지에 빠뜨릴 곳을 찾는다. AI 판사가 판결을 내릴 때도 모든 판례를 살펴 가장 근사한 판결을 내놓는다. 인간도 경험에 의한 판단을 하는 것이 보통이다. 그러나 사랑과 같은 감정은 직관적 현상이다. 남녀가 눈이 맞아 사랑하는 일이 경험에 의한 것인가? 사랑을 경험한 사람만이 사랑을 할 수 있는가? 그러면 최초의 사랑은 어떻게 설명되는가? 사랑은 본능이다. 사랑은 알파고나 AI 판사가 하는 것처럼 자료를 검색해서 찾아지는 것이 아니다. 아직까지 AI는 사랑을 할 수 없다. 딥러닝을 통해서도 사랑은 배울 수 없는 것이다.

또한 AI는 스스로 판단하여 먼저 작동하지 못한다. 상대방으로부터 질문을 받거나 상대방의 요구가 있을 때 반응한다. 그러나 인간은 자발적이다. 스스로 상상을 한다. 꿈도 꾼다. 버지니아 울프나 마르셀 프루스트의 소설의 기법인 의식의 흐름을 AI는 따라할 수 없다.

이렇게 볼 때 앞에서 얘기한, 로봇이 쓴 소설, 로봇이 그린 그림, 로봇이 작곡한 음악은 순수 창작이 아니라 기존의 작품들의 일부를 모방하여 조합한 것에 지나지 않는다. 아직 AI는 예술 작품을 창작할 수 없고 앞으로도 그럴 것이다.

그렇다면 AI 시대의 교육의 역할은 분명해진다. 인간에게 있어서 AI와 본질적으로 다른 부분, AI가 아무리 깊게 학습을 해도 터득할 수 없는 부분을 극대화시키는 것이다. 사랑, 정성을 들이는 일, 공감하고 동정하고 연민을 느끼는 일, 위로하고 배려하는 일, 정의로움, 관용, 희생, 충성심 같은 것들, 통칭하여 마음이라고 할 수 있는 영역은 인간을 인간답게 하는 본질적 영역이다. '근원적 차원에 있는 자아의 핵심'을 마음이라고 한다. AI가 만약 '마음'을 갖는다면 그는 로봇이 아니라 인간이다. 이렇게 볼 때 마음의 영역을 확대시키는 것이 인간을 더욱 인간답게 만드는 일이고, AI와 절대적으로 구별되는 존재로서의 인간을 수호하는 일이 될 것이다.

\*

마음의 영역을 확대시키고 아름답게 꾸미기 위해서 꼭 필요한 분야는 인문학과 예술이다.

인문학은 사람이 사람을 이해하고 공감하고 서로 이런저런 관계를 맺는 데 필요한 학문이다. 인문학은 사람들 사이의 공감 영역을 넓혀 준다. 공감이란 자신을 다른 사람의 처지에 놓고 생각하며 그 사람의 느낌을 직관적으로 이해하는 능력이다. 그 사람의 눈으로 보고 그 사람의 심정으로 감정을 느끼는 능력인 것이다. 또한 인문학은 인간들 사이의 긍정적 관계를 맺는 데 필요한 지혜를 습득시킨다. 호메로스의 『오디세우스』에서 자신의 곁에 머무르기만 하면 지금과 똑같은 상태로 영원한 생을 누리게 해주겠다는 여신 칼립소의 제안을 거절하고 유한한 인간으로서 사랑하는 아내 페넬로페에게 돌아가려는 오디세우스의 결단을 인문학은 옹호한다.

예술도 마찬가지이다. 예술은 인간의 혼-마음에 직접적으로 관여함으로써 AI의 도전으로부터 인간을 지켜낼 것이다. 미래학자들은 과거 산업혁명의 시대에는 '기술'이 인간의 삶을 지배했고, 지금 우리가 살고 있는 시대에는 '지식과 정보'가 인간의 삶을 지배하고 있지만, 앞으로는 '상상과 감성'이 인간의 삶을 지배할 것이라고 한다. 기술이나 지식·정보에서는 AI가 인간을 훨씬 뛰어넘을 것이다. 그러나 상상과 감성은 빅데이터에나 의지해야 하는 AI가

넘볼 수 없는 인간 고유의 특성이다. 상상과 감성은 예술의 영역에 속한다. 상상과 감성은 예술을 낳고, 예술을 통해 상상과 감성이 풍요로워진다.

예술은 아름다움을 창조한다. 요한 슈트라우스의 음악적 영감이 도나우 강에 닿음으로써 도나우 강은 아름다운 강으로 변신한다. "도나우 강이 저렇게 푸르고 아름다운 것은 예술의 각인이 있었기 때문이다." 독인 시인 라이너 쿤체의 말이다. 이것만이 아니다. 예술은 인간관계와 관련된 우리의 능력을 증진시키고, 돈에 관한 우리의 생각을 개선하고, 우리의 본래적 자아에 대처하며 우리의 꿈을 정치적으로 구현하는 데 도움을 준다.(알랭 드 보통, 『영혼의 미술관』)

예술은 혼의 표현이므로 혼이 아름다운 사람이 예술의 아름다움을 창조할 수 있다. 역으로 예술은 혼을 건드려 정서를 순수하고 아름답게 다듬는다. 예술의 세례를 입어 정서적 순화가 일어나는 것이다. 혼이 곧 마음이 아닌가.

이렇게 인문학과 예술은 AI가 침범할 수 없는 영역을 확장시켜 인간을 더욱 인간적이게 만들 것이다. AI 시대를 맞이하여 인문학과 예술에 대한 교육이 더 활발하게 이루어져야 할 것이다.

# 잠자는 거인을 깨워라

여러 해 전, 내가 경기도 국어교육연구회를 맡고 있을 때 일이다. 연구회의 일 년 사업계획에 청소년 문학캠프 행사도 들어 있었다. 문학에 관심 있는 아이들과 그 지도 선생님을 모아 1박 2일 문학기행도 하고 작품 낭독회도 갖고, 작가를 초청하여 특강도 듣는 프로그램이었다. 그해에는 강화도 지역을 대상으로 문학캠프 행사를 진행하면서, 김진경 동화작가, 박상률 시인을 모시고 특강 듣는 기회를 가졌다. 참가 팀들이 많아 버스 두 대로 이동을 했다.

아이들도 선생님들도 즐거워했다. 김 작가와 박 시인은 아이들과 저녁밥도 같이 먹고 이야기도 나누는 등 시간을 많이 할애해 주었다. 문학을 좋아하는 아이들과 선생님들이 책에서만 보던 시인 작가들과 만나 함께 어울리는 모습이 보기 좋았다.

다음 날 강화도 북부 지역에 있는 고인돌 유적지를 둘러보는 여정에서 어느 여선생님과 이야기를 나누게 되었다. 이 선생님의 말은 이랬다. 자기에게 아들이 둘이 있다. 큰아이는 고3이고 작은아이는 고1이다. 자기가 교사이므로 아들들은 공부도 잘하고 두루두루 모범생이어야 했다. 그것은 아주 당연하고 자연스러운 것이었다. 그러나 중학교에 입학 후 첫 시험에서 큰아들은 거의 꼴찌에 가까운 성적표를 받아왔다. 2년 후 둘째도 마찬가지였다. 실망을 했지만 내가 가르치든 학원을 보내든 과외를 시키든 성적을 끌어올릴 수 있으려니 했다.

그러나 아이들은 자기 생각대로 만들어지지 않았다. 점점 학원 가기를 싫어했고 과외도 건성이었다. 아이들에게 눈을 부라리기도 하고 호소도 하고 용돈을 미끼로 써보기도 했다. 그러나 아들들은 그 순간뿐 변화가 없었고 가슴이 타들어가는 것은 자기와 남편뿐이었다. 그러다가 얼마 전 비로소 '내 아이들은 공부해서 먹고 살 아이들이 아니로구나.'라는 깨달음이 찾아왔다.

그러면서 후회도 찾아왔다. 좀 더 일찍 깨달았으면 얼마나 좋았을까. 좀 더 일찍 내 아이들이 좋아하고 잘하는 것이 무엇인가를 찾는 여행을 시작했더라면 얼마나 좋았을까. 그간 자신과 남편이 아이들 때문에 낭비한 시간과 노력이야 부모니까 그렇다고 치자. 그러나 좀 더 일찍 발견하고 찾아주었으면 무한 발전했을 저 아이들의 호기심과 가능성과 잠재력을 이제 어쩐단 말인가. 어제저녁, 특강도 듣고 자기 작품 낭독도 하면서 눈을 반짝이던 아이들을 보면서도 부끄럽고 안타까운 생각이 들었다고 했다.

이 선생님의 후회는 거기서 끝난 것이 아니었다. 자기 아들들의 미래가 공부에 달려 있는 게 아니라는 걸 깨달은 순간, 자기가 담임을 맡은 반 아이들 중에서 공부가 꼴찌인 아이들이 눈에 들어오더라는 것이었다. 공부 잘하는 아이들에 비해 관심이 덜 갔던 아이들이었다. 담임의 손길이 자주 가 머물지 못했다. 좀 더 가까이 들여다보았더라면 그들 내부에 감춰져 있던 요술 지팡이가 보였을지도 모른다. 그 지팡이를 찾아서 아이들 손에 들려주었더라면 그들이 무슨 요술을 부렸을지 알 수 없는 게 아닌가. 자신의 손길이 그들에게 자주 갔었더라면 그 아이들은 지금보다 훨씬 더 자존심과 자긍심을 지닌 아이들로 자라 있을 것이었다. 미안하고 안타까웠다. 그런 저간의 사정이 있었기 때문에 이번 청소년 문학 캠프에 자기 반 아이들 중 소홀했다고 생각되는 몇 명을 골라서 데려왔다는 것이었다.

아이들 안에는 거인이 잠자고 있다. 에디슨의 내부에는 발명가라는 거인이 잠자고 있었다. 그걸 깨운 사람은 그의 어머니였다. 선생님들이 바로 그런 역할을 해야 한다. 아이들의 재능, 아이들의 꿈을 찾아 손에 쥐어주는 일이다. 그래서 아이들 모두를 데카르트의 이른바 자유인으로 만들어야 한다.

> 나는 목표가 분명한 사람을 자유인이라고 부른다.
> 목표가 분명한 사람은 단순하다.
> 목표가 분명한 사람은 모든 에너지를 한곳에 집중한다.
> 목표가 분명한 사람은 흔들림이 없다.
> 목표가 분명한 사람은 두려움이 없다.
> 목표가 분명한 사람은 멈추지 않는다.

목표가 분명한 사람은 서두르지 아니한다.

목표가 분명한 사람은 후회하지 아니한다.

목표가 분명한 사람은 비교하지 아니한다.

그래서 목표가 분명한 사람은 자유인이다.

—르네 데카르트

# 경험하라

성장기의 어떤 경험이 그의 앞날을 결정하는 계기가 되는 경우가 있다. 그 경험에 따라 삶의 방향을 정하게 된다든지, 삶의 방향을 바꾸게 된다든지 하는 것이다. 세계적인 IT 기업 소프트뱅크의 대표인 손정의 회장에게서 그 좋은 예를 찾아볼 수 있다.

그는 1957년 규슈 사가현 도스시의 판자촌에서 재일동포 3세로 태어났다. 어려서부터 영특했던 그는 부친의 뜻에 따라 후쿠오카 시의 명문 슈우칸 고교로 진학을 한다. 1학년 때 캘리포니아 대학교의 버클리 캠프로 4주간 어학연수를 갔는데, 여기에서 그는 충격을 받는다. 일본에서는 자신의 국적과 신분 문제로 차별을 받았는데, 미국에서는 능력에 따라 무한히 발전할 수 있는 가능성이 열려 있었던 것이다. 이를 계기로 그는 미국 유학을 선택하게 되고, 6개월간 어학연수 후에 세라몬테 고교 10학년(우리의 고교 1학년에 해당)에 입학을 한다. 그해에 고교졸업검정고시에 합격하고, 캘리포니아대 경제

학과에 진학한다. 그리고 1981년 25세 때 소프트뱅크를 설립하여 세계적인 벤처 사업가로 성공을 하게 된다. 4주간의 미국 어학연수 경험이 오늘날의 손정의를 있게 했던 것이다.

　나이가 10년쯤 아래인 김 모 후배한테서 들은, 그의 딸 솔이에 관한 이야기도 그런 내용이었다. 그 후배는 군포에서 5명의 직원을 두고 작은 제조업 회사를 운영하고 있다. 그런데 2008년 무렵 리먼 사태의 여파로 우리나라에도 금융 한파가 몰아쳤을 때 그의 회사도 부도 위기에 처하게 되었다. 겨우겨우 부도를 막아나가던 중, 누구를 위해 이런 고생을 하나 하는 생각이 들었다. 가족들을 위한 고생 아닌가. 일억 원 부도를 맞으나 일억 천만 원 부도를 맞으나 오십보백보(五十步百步)다. 앞뒤 가리지 말고 천만 원 마련해서 가족여행이나 다녀오자! 그래서 그해 여름에 유럽 몇 나라를 찾아가는 가족여행을 다녀오게 되었다.

　당시 초등학교 6학년이었던 솔이에게는 이것이 첫 번째 외국 여행이었다. 세상은 넓었고 모든 게 신기하고 궁금했다. 여행을 마치고 돌아왔을 때 솔이에게는 꿈이 생겨 있었다. 자라서 여행작가가 되겠다는 꿈이었다.

　이후부터 솔이는 여행작가가 되기 위한 노력을 시작했다. 외국어가 필요했기 때문에 우선 영어 공부에 몰두했다. 스스로 찾아서 하는 즐거운 공부였다. 성과가 없을 리 없었다. 지역 명문고라서 합격하기가 어려운 모 외국어고등학교에 지원을 했는데, 뛰어난 영어 실력으로 특차 전형에 합격했다. 대학은 중앙대학교 신문방송학과로 진학을 했다. 저널리즘은 여행작가에게는 꼭 필요한 분야라고 생각했기 때문이다. 앞으로 몇 년 후면 솔이는 틀림없이 세계 곳곳을 누비며 그곳 사람들의 삶을 생생하게 전해주는 훌륭한 여행작가가 되어 있을 것이다.

우리 아이들이 성장 과정에서 어떤 경험을 하느냐 하는 것은 매우 중요하다. 경험을 통해 자기의 특기·적성을 찾아내고 미래의 꿈도 그려낼 수 있다. 경험의 과정에서 겪게 되는 시행착오(試行錯誤)를 통해서 상황을 더 정확하게 파악할 수 있는 지혜를 얻을 수도 있다.

교육은 아이들에게 계속해서 새로운 경험을 제공해주는 일이다. 교육과정은 경험으로 구성된다. 아이들은 교육과정이 지시하는 경험을 통해 자기가 하고 싶은 것은 무엇인지, 좋아하고 즐길 수 있는 것은 무엇인지, 적성에 맞는 것이 무엇인지, 자신의 능력으로 할 수 있는 것은 무엇인지 찾아낸다.

이제 우리 교육은 아이들에게 어떻게 하면 다양한 경험, 필요한 경험, 원하는 경험을 할 수 있도록 혁신할 것인가를 고민해야 한다. 특히 교육과정을 만들거나 개정할 때에는 미래의 아이들에게 필요한 능력이 무엇인지, 그리고 그 능력을 기르기 위해 어떤 경험으로 교육과정을 구성할 것인지에 대한 진지한 논의가 있어야 한다. 그렇지 않으면 제2의 손정의를 기대할 수 없을 것이다.

# 키즈(kids)

　프로골퍼 박세리 선수는 1998년 LPGA US오픈에서 우승한 이후 통산 25회 우승을 하고 명예의 전당에도 이름을 올린 우리나라 여자 골프계의 신화적 존재이다. US오픈 우승 당시 물웅덩이(Water Hazard)에 들어가 공을 쳐낸 맨발의 투혼은 지금도 회자(膾炙)가 되고 있다. 그때 박세리의 영향을 받아 골프를 시작해서 지금 프로골퍼로 활약하고 있는 선수들을 박세리 키즈라고 부른다. 골프가 올림픽 종목으로 처음 채택된 리우 올림픽에서 우승한 박인비 선수, 세계 1위에 등극한 신지애 선수도 박세리 키즈의 일원이다. 해마다 이들이 LPGA 우승컵의 절반을 한국으로 가져온다.

　뿐만 아니다. 김연아 선수가 아사다 마오를 누르고 올림픽 금메달을 따면서 은반을 화려하게 수놓을 때 김연아 키즈가 무수히 생겨났다. 박태환 선수가 아시아인의 신체적 핸디캡을 극복하고 수영에서 올림픽 금메달을 목에 걸었을 때도 박태환 키즈가 생겨났다. 요즘 세계 테니스계의 루키 정현 선수는 팬들이 자기 때문에 테니스가 좋아졌다는 글을 보내올 때 가장 기쁘다고 말한다.

역사로 눈을 돌리면 위대한 키즈 생산자들을 무수히 만날 수 있다.

바다를 버리고 육지로 올라와 싸우라는 임금에게 "신에게는 아직 열두 척의 배가 있습니다."는 말씀을 올리고, 두려워하는 부하들에게는 "살고자 하는 자 죽을 것이요, 죽고자 하는 자 살 것이다."라고 죽음을 각오한 자의 결기를 북돋우면서, 열두 척의 배를 몰아 서른 곱이 넘는 적선들이 기다리는 명량으로 향한 충무공의 의기는 지금도 우리 청소년들에게 가슴 떨리는 감동과 용기를 주고 있다. 아마도 안중근 의사, 윤봉길 의사, 이봉창 의사도 충무공의 키즈였을 것이다.

용기와 용맹, 전략과 강한 리더십으로 카르타고의 군대를 아프리카의 자마 전투에서 여지없이 쳐부수고 불패(不敗) 장군 한니발을 발아래 굴복시킨 스키피오 아프리카누스도 키즈 생산자이다. 로마 역사를 살피면 그와 같은 키즈 생산자들을 무수히 만날 수 있다. 그들은 키즈를 길러냈고, 키즈의 키즈가 또 다른 키즈를 길러냈다. 이 같은 과정의 반복이 로마의 역사이다.

트라팔가 해전에서 승리하고 영국을 구한 넬슨 제독의 동상이 스코틀랜드 중심지 에든버러에 우뚝 서 있다. 그 비명(碑銘)은 다음과 같다.

"여기에 우리 에든버러 시민이 넬슨 동상을 세우는 것은 그의 죽음을 애도하기 위해서가 아니다. 더구나 살아생전 그의 영광을 기리기 위해서도 아니다. 오직 국가가 의무를 요구할 때, 죽음으로써 그 의무를 다하는 그 삶을 내 자식들에게 가르쳐 준 그 교훈을 널리 알리기 위해서이다.”

제2차 세계대전에서 영국을 승리로 이끈 주인공들은 넬슨의 키즈였다.

요즘 일본에서는 아이들의 꿈이 박사가 되는 것, 학자가 되는 것으로 바뀌고 있다고 좋아 야단이라고 한다. 일본의 미래가 그만큼 밝다는 믿음의 표현이겠다.

신문 보도에 의하면 일본 남자 어린이들은 ‘박사·학자’를 장래 희망 1순위로 꼽았다. 다이이치생명보험이 2017년 7월부터 9월까지 일본 유아·초등생 1,100명의 장래 희망을 조사한 결과, ‘박사·학자’가 일본 남자 어린이 장래 희망 1위로 나타났다는 것이다. 다이이치생명보험은 이 결과를 “일본인의 노벨상 수상이 이어지면서 남자 어린이들이 학자를 꿈꾸게 된 것 같다”고 설명했다. 일본은 1949년 노벨 물리학상(유카와 히데키)을 시작으로 지금까지 일본 국적자 23명과 일본계 미국·영국인 3명을 포함해 총 26명의 노벨상 수상자를 배출했다. 최근 4년간은 한 해도 거르지 않고 수상자가 나왔다. 이 조사에서 ‘학자·박사’가 1위를 차지한 것은 2003년 이후 15년 만이라고 한다. 노벨상 수상자들이 자신들의 키즈를 양산하고 있는 것이다.

우리는 지금 어떠한가? 우리 교육부가 2017년 12월에 내놓은 초·중등 진로교육 현황조사 결과에 따르면 한국 남녀 초등학생의 과학자 선호도는 오히려 떨어지고 있다. 2016년 조사에서는 9위였는데, 2017년에는 10위로 한 계단 더 떨어졌다(이상 《조선일보》 2018.1.8. 보도 참조). 우리 아이들은 운동선수, 연예인을 꿈꾸고, 학원가에는 공시족(公試族, 공무원 시험을 준비하는 사람)들로 넘쳐난다. 일본이 부러우면서 그만큼 우리가 부끄럽다.

게다가 얼마 전 과학기술정보통신부에서는 현 KAIST 총장의 직무정지를 KAIST 이사회에 요청했다. 그 이유는 KAIST 총장이 과거 미국 로렌스버클리연구소(LBNL)와 함께 연구 프로젝트를 수행하면서 연구비를 부당하게 지급한 사례가 있었고, 제자를 편법으로 채용한 일도 있었다는 것이다. 과학계 일부에서는 이를 부정하면서 직무정지 반대 서명운동을 벌이고, 네이처지 같은 저명 학술지에서도 정치가 과학에 개입한다는 비판적 언급을 하고 있다. KAIST 총장의 위법행위가 사실인지 여부를 떠나 우리나라 과학계의 국제적 위상이 추락하고 있는 모습을 보는 것 같아 안타깝기 그지없다. 아이들은 또 이를 어떻게 받아들일까 걱정스럽다.

언제쯤 연구실, 실험실에서 열정을 불태우는 젊은이들, 도전하고 또 도전하는 청년들로 넘쳐나는 대한민국을 보게 될까?

# 교장 선생님의 얼굴

김 교장 선생님은 나와 20년 넘게 경기도 국어교육연구회 회원으로, 학업성취도 평가위원으로 활동하면서 자주 만나고 가까이 지내던 후배 선생님이다. 반갑게도 김 선생님이 교장 선생님으로 승진을 해서 지난 3월에 가까운 모 중학교에 부임을 했다. 이제 경륜도 교장에 어울릴 만큼 갖추었거니, 그만큼 아이들을 사랑하고 성실하게 근무했으니 자격도 충분하겠거니 하면서 축하 전화도 하고 축전도 보냈다.

그런데 교장 부임 후 3개월쯤 지나 만났을 때, 그의 얼굴을 보고 새삼스레 느껴지는 바가 있었다. 교장이라는 직위가 만들어내는 얼굴이 거기 있었던 것이다. 늘 그랬듯이 선량한 느낌에 더하여, 이제는 여유와 함께 원숙함, 권위, 어른스러움이 그 얼굴에 떠돌고 있었다.

얼굴은 마음의 창이다. 사람의 내면은 속임 없이 얼굴에 드러난다. 사람의 마음은 그의 얼굴을 그 마음 상태에 따라 바꿔놓는다. 행복한 마음의 기운은 밝은 얼굴로 나타난다. 수심 깊은 얼굴에서는 그가 겪는 불행과 갈등을 읽을 수 있다. 인격적 성숙은 눈으로 볼 수 없는 인간 내면의 변화이지만 겉으로 드러나는 풍모를 통해서도 그의 인격의 깊이를 짐작할 수 있다. 아마도 그 교장 선생님의 얼굴에서 보여지는 어른스러움도 그랬을 것이다.

백범 김구의 『나의 소원』에 이런 이야기가 나온다. 구한말 어지러운 세상에서 문란해진 과거 제도를 통해 출세하겠다는 꿈을 버린 김성수[백범의 아명(兒名)]가 대신 호구(糊口)의 수단으로 삼고자 한 것이 남의 관상을 봐주는 것이었다. 관상을 봐준 대가로 먹고살겠다는 것이었다. 그런데 관상 보는 법을 익혀가면서 그 지식으로 자기 얼굴의 상을 보고 나서는 실망을 금치 못했다. 자신의 상 어디에도 출세할 인물이라는 예언을 찾아볼 수 없었던 것이다. 천하에 고약한 상이 자기의 관상이었다. 그러나 그후 독립운동가의 험난한 길을 걸으면서 백범은 민족 지도자로 우뚝 서게 되고, 풍상을 겪어낸 위대한 정신이 그의 얼굴에 그대로 나타나 있음을 우리는 잘 알고 있다.

나다니엘 호오도온의 소설 『큰 바위의 얼굴』이 주는 교훈도 마찬가지이다. 큰 바위의 얼굴에는 기품과 지혜와 숭고함이 배어 있다. 온화하고 다정하고 사려 깊은 얼굴이다. 주인공 어니스트[Honest. 이 단어는 정직함, 성실함의 의미를 담고 있다. 의도적인 작명(作名)이다]는 큰 바위의 얼굴이 있는 이 골짜기 마을에서 큰 바위의 얼굴을 닮은 위대한 인물이 태어날 거라는 전설을 믿으며, 그 인물이 나타나기를 기다린다. 평판 높은 부자, 군인, 정치가, 시인에게서 큰 바위의 얼굴을 기대하지만 모두 실망한다. 그래도 어니스트는 큰 바위 얼굴을 기다리며 살아간다. 그러면서 그는 현명해졌고 지혜로워졌고, 온화하고 기품 있는 노인으로 변화해갔다. 그러다 어느 날 마을 사람들은 늙은 어니스트의 얼굴에서 큰 바위의 얼굴을 발견하게 된다.

앞에서 얘기한 후배 교장 선생님의 얼굴에서 보여지는 어른스러움도 오랜 제자 사랑의 세월이 만들어낸 넉넉함과 선량함, 자애와 권위의 드러남이었다.

3년 전에 내가 수원의 수성고등학교 교장의 자리에서 물러나면서 만든 책의 제목이 『선생님의 얼굴』이었다. 어느 못된 선생님 하나가 세상에 부끄러운 짓을 해서 모든 선생님들이 얼굴을 들지 못하게 한 적이 있었는데, 반성 겸 위로 겸 같은 제목의 칼럼을 써서 어느 일간지에 실었고, 그 글의 제목으로 그 책의 제목을 삼았다. 그 글에 다음과 같은 내용도 적어 넣었다.

남을 보살피고 염려하고 남의 고통을 자신의 고통으로 여기는 데서 가장 큰 기쁨과 행복을 얻을 수 있다면, 그 일을 생업으로 삼은 사람이야말로 이 세상에서 가장 행복한 사람이다. 직업마다 전형적인 얼굴이 있는데, 선생님의 얼굴은 큰 바위의 얼굴을 닮았다. 길을 가다가 언뜻 저 분은 선생님이지 싶은 얼굴을 만나는 때가 있다. 모난 데 없이 편안하고 인자한 느낌을 준다. 그 얼굴에는 망설이지 말고 가까이 오라는 부름이 있다.

그러고 보니 김 교장선생님의 얼굴도 큰 바위의 얼굴을 닮았다. 김 교장 선생님이 기르는 아이들도 큰 바위의 얼굴로 자랄 것임을 믿는다.

# 우화(羽化) 발아(發芽) 부화(孵化)

2012년 겨울에 월드비전 일로 아프리카 가나의 크라치웨스트라는 마을을 방문한 적이 있다. 우리 학생들이 모아서 보내준 성금으로 완성한 학교 건물과 상수도 시설을 살펴보고, 또 몇 가지 교육 지원도 하는 것이 목적이었다. 일행은 월드비전 관계자 2명을 포함하여 모두 6명이었다. 방문 기간 중 하루는 우리들과 일 대 일 결연을 맺은 아이들과 함께 지내는 이벤트도 포함되어 있었다. 나와 연결된 아이는 사딕이란 이름의 아홉 살 난 남자아이였다. 처음엔 서먹서먹했으나 축구공, 스케치북과 색연필, 가방 등 몇 가지 선물도 주고 공놀이도 하면서 금방 친해지게 되었다.

사딕은 내가 가지고 있던 디지털 카메라에 관심을 쏟았다. 몇 가지 버튼 조작을 하면 찍힌 사진이 즉시 카메라 화면에 나타나는 것을 보고 매우 신기해했다. 그러더니 내 손에서 카메라를 빼앗아 들고는, 촬영 버튼 누를 줄만 알아서 무엇이 찍히는지는 상관도 않고 사진을 하나 찍더니, 찍힌 사진을 화면에 띄워보기 위해 별짓을 다 하는 것이었다. 방법을 알려주려고 하자 카메라를 빼앗으려는 줄 알았는지 저만큼 달아나서는 다시 카메라를 만져댔다. 그러다가 어느 순간 방법을 찾아내는 것이었다. 렌즈에 눈을 대고 피사체를 찾아 찍는 방법까지 알아낸 사딕은 친구 사진을 찍어 화면에 띄우고는 그걸 보여주면서 신명 나 했다. 사딕은 나의 도움을 거절하고 제 힘으로 카메라를 조작하는 법을 터득했다! 그렇게 해서 사딕과 나는 카메라를 가지고 한참을 놀았다. 똘똘하고 야무진 아이였다.

교육에서 '잘 차려진 밥상'이란 비유어가 있는데, 이는 지식을 골고루 준비해서 아이 앞에 밥상처럼 놓아주는 것을 말한다. 아이는 수동적으로 받아먹기만 하면 된다. 고기 잡는 법을 알려주는 게 아니라 고기를 직접 잡아주는 방식이다. 사딕은 차려진 밥상을 거부하고 고기 잡는 법까지 스스로 터득했다. 진짜 교육은 이렇게 살아 있는 지식을 스스로 터득하게 하는 것이어야 한다. 누에나방의 우화(羽化) 과정에서 이러한 사실을 확인할 수 있다.

누에나방의 번데기가 우화를 하여 나방이 되려면 일단 누에고치를 뚫고 나와야 한다. 여린 이빨로 질긴 명주실로 된 두꺼운 고치를 뚫고 나오는 일은 여간 고역이 아니다. 몇 시간의 사투 끝에 고치에서 탈출한 번데기는 근처로 옮겨가 점차 화려한 나방으로 변신을 한다. 그런데 필사적으로 고치를 뚫고 나오는 번데기가 안쓰러워 송곳 같은 것으로 구멍을 넓혀주면 번데기는 힘 안 들이고 고치에서 벗어나기는 한다. 그러나 이렇게 세상에 나온 번데기는 이리저리 기어 다니기만 하다가 우화를 하지 못하고 죽어버리고 만다. 헬리콥터 맘한테서 자란 자녀가 때가 되어도 독립을 하지 못하고 마마보이, 캥거루보이가 되는 것과 다르지 않다.

그런데 배움의 과정에서는 혼자 힘으로는 도저히 해결하기 어려운 과제를 만나는 일도 있기 마련이다. 이때는 어떻게 해야 할까? 이번에는 연꽃 씨앗의 발아(發芽) 과정을 살펴보자.

연꽃 씨앗은 대체로 타원 모양인데 한쪽 끝은 약간 뾰족하고 반대편은 둥글면서 가운데가 약간 오목한 모양이다. 씨앗의 껍질을 벗기면 속껍질이 나오고 그 속에 속살이 들어 있다. 속살은 반으로 쪼개지는데, 가운데에 배아(胚芽)가 자리잡고 있다. 연꽃 씨앗이 싹을 틔우려면 이 배아에 수분이 스며들어야 한다. 그런데 껍질이 단단하기 때문에 그대로는 수분이 스며들지 못한다. 어떻게든 껍질에 흠집이 나야 여기로 수분이 스며들어 싹을 틔울 수 있다. 연꽃 씨앗은 이 발아의 조건이 갖춰질 때까지, 즉 껍질에 상처를 입을 때까지 몇 년이라도 기다린다. 2천 년이 넘은 씨앗이 발아를 한 경우도 있다고 한다. 그래서 연꽃을 불생불멸(不生不滅)의 상징으로 삼기도 한다. 집에서 연꽃 씨앗의 싹을 틔우려면 둥근 부분을 사포로 문질러주거나, 줄톱이나 칼로 상처를 내주어야 한다.

연꽃 씨앗의 발아 과정에서 보는 바와 같이 아이들도 학습 과정에서 부딪히는 난제들을 선생님의 도움으로 풀어나가면서 발달과업을 완수하고 순조롭게 성장하는 것이다.

4차 산업혁명을 맞이하면서 우리 교육은 학생활동중심 교육, 학생 스스로 배우는 탐구활동 중심의 교육으로의 전환을 적극적으로 추진하고 있다. 스스로 고치를 뚫고 나오는 과정을 통해서 문제해

결력, 창의력, 협업능력 같은 미래 역량이 길러지기를 기대하는 것이다. 그러다가 학생들이 벽에 부딪히는 일도 있을 것이다. 학생들이 앞으로 나아가지 못하고 머뭇거릴 때는 교사가 나서서 장애물이 무엇인지 찾아 제거해주어야 한다. 연꽃 씨앗의 배아에 수분이 스미도록 통로를 내어주어야 하는 것이다.

한편 교육이 성립하기 위해서는 배움과 가르침이 마주쳐야 한다. 서로 방향이 다르거나 시기가 맞지 않으면 헛수고가 되고 만다. 아이들은 목이 말라 물을 찾는데, 선생님은 맛있다고 꿀을 주려 한다면 실패다. 이것이 바로 줄탁동시(啐啄同時)의 교훈이다.

알 속에서 자란 병아리가 때가 되면 알을 깨고 밖으로 나오기 위해, 즉 부화(孵化)하기 위해 부리로 껍데기 안쪽을 쫀다. 이를 '줄(啐)'이라 한다. 어미 닭은 그 소리를 듣고 안에서 쪼는 바로 그곳을 밖에서 쪼아주어 새끼가 알을 깨는 행위를 도와준다. 이를 '탁(啄)'이라고 한다. 안에서 병아리가 쪼고 밖에서 어미 닭이 쪼는 행위는 한곳에서 '동시(同時)'에 일어난다. 교육도 이와 같아서 가르치고 배우는 시점과 지점이 일치해야[啐啄同時] 비로소 교육이 제대로 이루어진다.

교육은 아이들의 내부에 잠재되어 있는 가능성을 끄집어내어 아이에게 돌려주는 일이다. 아이들 안에 잠자고 있는 거인을 깨우는 일, 또는 아이들에게 요술 지팡이를 찾아주는 일이다. 그만큼 아이들은 무한한 가능성을 가지고 있어서 제때 적절한 자극을 받으면 마술을 부려 거인으로 자라난다. 누에고치 우화(羽化) 이야기, 연꽃 씨앗 발아(發芽) 이야기, 달걀 부화(孵化) 이야기는 거인을 깨우고 요술 지팡이를 찾아주는 데 필요한 지혜에 관한 이야기이다.

　이로 보면 교육적으로 훌륭한 부모, 훌륭한 선생님이 되는 것도 별로 어려운 일이 아닌 듯하다, 그 지혜만 가지고 있다면.

# 저의 사랑 주머니를 채워주세요

　학교폭력을 다루면서 가장 곤혹스런 점은 학교폭력 가해 사실을 학교생활기록부에 기재해야 한다는 것이다. 상급학교 입시에서 불이익을 당할 게 뻔하다. 교육 당국에서는 이를 이용하여 아이들의 일탈 행동을 줄여보자는 의도로 학생부에 학교폭력 가해 사실을 기재하는 것을 의무화한 것이다.

　이 때문에 가해자로 지목된 아이의 부모는 그 사실이 학생부에 기재되지 않도록 하기 위한 입체 작전을 펼친다. 피해자를 가해자로 만들려고 한다든가, 무죄를 입증하기 위한 자료를 모으고 만들기 위해 주변 사람들을 괴롭힌다든가, 변호사를 동원한다든가, 친척 중 목소리 큰 사람을 끌어온다든가 하는 일들이다. 그러다 보면 일이 커지고 언론에 보도가 되고, 학교의 통제 범위를 벗어나 법정 싸움으로까지 비화된다. 가장 교육적으로 다루어야 할 학교폭력이 가장 비교육적으로 다뤄지게 되는 것이다.

무엇인가 잘못되었다. 이제 학교폭력의 진짜 문제는 무엇인지, 지금의 대응 방법은 옳은지, 옳지 않다면 어떻게 해야 하는지 진지하게 검토해볼 때가 되지 않았나 한다.

교육적 관점에서 볼 때, 아이에게는 죄가 없다. 아이들의 행동은 모두가 다 학습된 것이다. 학교폭력은 가정폭력이나 사회폭력을 반영한 것이다. 진실로 아이들에게 죄를 물어서는 안 된다. '얘너나 프로젝트'는 바로 이 점에 착안한 운동이다. '얘들아, 너희들이 나쁜 게 아니야'의 준말이 '얘너나'이다. 부적응 행동을 보이는 아이들에 대하여, 그 아이들의 말을 들어주고 이해해주고 함께 친구가 되어주는 것이 이 프로젝트의 전부이다.

아이가 부적응 행동을 보이는 것은 '내 이야기를 좀 들어달라'는 외침이다. 사회에 대하여 구조를 요청하는 SOS 신호이다. 부모와 놀고 대화하는 경험이 결핍된 아이들이 이 신호를 보낸다. 성적 지상주의 때문에 공부 스트레스에 시달리는 아이들이 이 신호를 보낸다. 너무 일찍 잘하는 아이와 못하는 아이를 가르기 때문에 어린 중학생까지 사지로 몰아넣는 일도 있다. 2012년 4월 자살한 안동의 중학교 2학년 여학생 유서는 이렇다. "나는 성적이 나쁘다. 특히 영어가 나쁘다. 학교에서는 45분 동안 앉아 있는 연습만 한다. 공부해 봐야 내가 원하는 걸 할 수 없다."

부적응 행동은 개인적 자질 문제라기보다는 사회 구조적인 문제이다. 보통 우리는 학생이 부적응 행동을 보이는 이유가 그 학생이 본래부터 못된 사람이기 때문이라고 생각하기 쉽다. 그 녀석 참 나쁜 녀석이라는 것이다. 학교폭력 자질론이다. 그렇다면 그에게 벌을 주고 격리시키고 치료를 하는 것이 가장 적절한 행동 수정의 방법일 것이다.

　그러나 앞에서 얘기한 바와 같이 교육이 견지하는 인간관은 '아이에게는 죄가 없다'는 것이다. 우리 아이들을 부적응 행동으로 내모는 것은 사회 양극화에 따른 기회의 불평등, 학벌주의에 따른 지나친 서열 경쟁과 같은 구조적인 문제들이다. 사회 양극화 현상 때문에 꿈을 만들고 실현시켜주는 통로로서의 교육사다리가 기능을 상실하고 있다. 더 직접적으로는 현행의 대학입시 제도가 우리 아이들을 소외시키고 있다. 인간보다 성적과 서열을 우선함으로써 교육이 오히려 인간소외 현상을 심화시키고 있는 것이다. UN아동권리위원회에서도 우리 청소년들의 상황에 대해 '아주 경쟁이 심하다'에서 '심각한 경쟁'으로 단계를 높이고, 이로 인한 문제가 누적되고 있으니 완화가 필요하므로 그 심각성을 공유하고 해결방안을 모색할 것을 권고해온 바가 있다. 이와 같이 구조나 제도에 문제가 있다면 학교폭력을 예방하고 근절시키기 위해서는 이 부분을 개선하는 노력이 필요할 것이다.

　학교폭력 가해 행위가 유발하는 피해는 때로는 워낙 충격적이어서 분노를 참을 수 없을 때도 있다. 학교폭력의 피해를 당한 학생과 부모는 그 충격 때문에 일상적인 생활조차 못하게 되기도 하고, 심지어는 외국으로 이민을 가 버리기도 한다. 그렇다고 해서 가해 학생에 대해 벌을 주고 생활기록부에 기재하고 불이익을 준다는 것도 교육적이고 이성적인 판단은 아니다. 아이들의 부적응 행동은 '난 이렇게 무시당하고 있고, 차별당하고 있고, 꿈을 빼앗기고 있고, 방치당하고 있습니다.'라는 항변이기도 하다. 우리는 그것을 들어주고 이해해주고 인정해주어야 한다. 어느 작가의 다음과 같은 선언 하나가 널리 공감을 얻는 것은 그 때문이다. "너희들이 어떠한 삶을 살아가든 우리는 너희들을 응원할 것이다."

두 가지 측면에서 대안을 제시하고자 한다.

하나는 사랑의 문제다. 아이들은 사랑 주머니를 차고 있다. 이 사랑 주머니가 가득 차 있어야 아이들은 모험도 하고 시행착오도 하면서 씩씩하게 세상을 배워나간다. 부적응 아이들에게는 이 사랑이 부족한 경우가 대부분이다. 가슴속에 품고 있는 사랑 주머니가 비어 있기가 십상이어서 주머니를 가득 채워주는 것이 아이를 도와주는 첫걸음이다. 학교폭력에 대한 교육적 처방은 여기에서 찾아야 한다. 어떻게 하면 내 아이의 사랑 주머니를 가득가득 채워줄 것인가, 우리 학생들의 사랑 주머니를 넘치도록 채워줄 것인가를 가지고 머리를 맞대고 논의하고 거기서 찾아지는 대안을 정책으로 추진해야 한다.

또 하나는 아이들이 꿈을 꾸게 만드는 문제이다. 이는 제도적으로 접근해야 한다. 학교 교육체제를 아이들의 꿈과 희망에 따라 하고 싶은 공부를 마음껏 할 수 있는 체제로 바꾸어야 하는 것이다. 이미 고교 학점제, 과목 선택제, 무학년제와 같은 제도들이 대안으로 제시되어 있다. 이 제도들이 시행되어 학생들이 하고 싶은 공부를 할 수 있도록 하기 위해서는 우선 선생님들이 지금보다 훨씬 더 많아야 한다. 교사 수를 늘리기 어렵다면 전문 강사를 확보하는 방안도 있다. 학교 공간도 훨씬 더 많고 세분화되어야 한다. 교재와 기자재도 다양하게 갖춰져야 한다. 결국 돈의 문제로 돌아가게 된다.

　정치 논리에 의한 무상 급식, 무상 교복이 결과적으로는 아이들의 꿈을 제한하고 행복을 추구할 권리를 축소시키고 있지는 않은지 자세히 들여다보아야 한다. 세상에는 선의가 오히려 불행한 결과를 가져오는 일이 비일비재하다.

# 윗물이 맑아야

10여 년 전에 북유럽 교육을 살펴보기 위해 스웨덴에 갔을 때의 일이다. 당시 스웨덴 정부에서 국가 교육기획을 담당하는 분이 마침 한국인이어서 우리가 궁금해하는 것들에 대해 상세한 설명을 들을 수 있었다. 그중에 아이들의 학교 부적응 문제에 접근하는 방식에 대한 문답도 있었는데, 그 방식이 우리와는 사뭇 달랐다. 부적응 문제가 발견될 때는 우선 학교가 속해 있는 지역사회를 들여다본다는 것이었다. 일탈 행동의 원인을 지역사회의 문화적 결핍이나 경제적인 문제에서 찾고 처방을 내린다는 것이다. 대체로 이민자(移民者)들이 많이 거주하는 지역, 경제적 어려움이 있는 지역에 부적응 아이가 많다는 설명이었다. 『택리지(擇里志)』에서 '그곳 풍속이 좋지 못하면 자손에게도 해가 미친다'고 경계(警戒)한 실학자 이중환(李重煥)의 말을 돌아보게 한다.

반면에 우리는 학교폭력이 발생하면 그 원인을 학교 인성교육의 부재에서 찾고, 청소년 비행의 원인을 개인적 자질의 탓으로 돌린다. 문제아는 인성이 나쁘고 자질도 형편없다고 치부해버린다. 이럴 경우 처방은 개인에게 페널티를 주는 수밖에 없다. 퇴학을 시키고 전학을 보내고 심하면 감옥에 격리를 시키는 것이다. 스웨덴에서는 아이에게 책임을 묻지 않고 사회 쪽으로 시선을 돌렸다. 미국에서도 왕따 문제를 문화적 측면에서 살피고 접근한다고 한다.

다음 사례를 보자. 흥사단 투명사회운동본부 윤리연구센터에서는 매년 전국 초·중·고등학생들을 대상으로 '청소년 정직성 지수'를 조사하여 발표한다. 2015년에는 초등학교 85점, 중학교 75점, 고등학교 67점, 2017년에는 초등학교 88점, 중학교 76점, 고등학교 69점으로, 학년이 올라갈수록 지수가 낮아졌다. 놀랍게도 '10억 원이 생긴다면 잘못을 저지르고 1년 정도 감옥에 가도 괜찮다.'는 물음에 대하여 고등학생들은 2015년에는 56%가, 2017년에는 55%가 그렇다는 응답을 했다.

어떻게 절반 이상의 청소년들이 돈이 생긴다면 범죄를 저질러도 좋다는 생각을 하게 되었을까? 절대로 학교에서는 이렇게 가르치지 않는다. 적어도 학교에서는 정직하라고 가르친다. 학생들이 닮기를 바라면서 학교가 제시하는 바람직한 학생상은 정직하고 성실한 학생이다.

누가 아이들의 가치관을 이렇게 왜곡시켰을까? 우리 아이들이 보고 듣고 모방하면서 자라는 사회의 가치관이 왜곡되어 있기 때문이다. 물질만능주의니 배금주의니 하는 타락한 자본주의의 망령이 일차적인 원인이겠다. 그런데 참으로 중요한 것은 아이들은 이러한 왜곡된 가치관을 사람을 통해 배우고 모방한다는 사실이다. 특히 사회 지도층의 행태가 이들의 모방 대상이다.

행정부든 사법부든 고위 공직자 후보자는 청문회를 거친다. 그런데 부끄럽게도 부정(不正)과 비리(非理)에 연루되지 않은 후보자를 본 기억이 별로 없다. 폭로되는 비리들은 어김없이 위장전입, 논문 표절, 병역 면제, 부동산 투기, 탈세 같은 것들이다. 청문회를 보면서 맥이 빠지는 건 선량한 국민들이다. 불행한 일이다.

실험에 의하면 동물들도 자기들 사회에서 지위가 높은 대상을 모방한다. 우리 아이들이 10억 원이 생긴다면 감옥에 가도 좋다고 생각하게 만든 것은 우리 사회의 지도층의 못된 행실들이다. 윗물이 맑아야 아랫물도 맑은 법이다(上濁下不淨).

『교사도 학교가 두렵다』를 쓴 엄기호는 이 사회 전체가 더 이상 사람을 성장시킨다는 의미에서 교육이 불가능하다고 단정을 짓고 있다. 포항제철 건설과 운영에 많은 기여를 한 지한파(知韓派) 일본인 모모세 타다시 역시 저서『여러분 참 답답하시죠』에서 세계 10대 경제대국을 이루었으면서도 품격이 없어 선진국이 되지 못하는 한국 사회를 안타까워하고 있다. 두 사람 모두 신참자(新參者)들에 대한 올바른 가치관 교육에 있어서 우리 사회가 전혀 기능을 발휘하지 못한다고 판단하고 있는 것이다. 그만큼 우리 사회는 무질서하고 정직하지 못하고 부패해 있고 이기주의가 판을 치고 있다.

교육을 바라볼 때도 교육적 패러다임에서 바라보지 않는다. 정파의 프레임에 갇힌 시각으로 교육문제를 다룬다. 교육에서 1차적으로 중요한 누가 가르치는가의 문제는 제쳐놓고 무상급식을 보편적으로 해야 하느니 선별적으로 해야 하느니 왈가왈부하는 나라가 우리나라다. 교육에서도 사람이 제일 중요하고 교육행정의 초점도 사람에게 맞춰져야 하는 것이 아닌가? 학부모에게는 내 아이의 담임교사가 어떤 선생님인지, 내 아이에게 수학을 가르치는 선생님이 실력이 있는 인격자인지 아닌지가 제일 중요하다.

교육의 문제는 공동체의 문제로 환원된다. 개인은 공동체와 동격(同格)이고 동형(同型)이다. 프렉탈 이론이 개인과 공동체의 관계에도 적용되는 셈이다. 다음은 어느 책에서 읽은 구절이다.

> 공동체가 건강하면 공동의 목적, 협력, 자기희생, 인내, 장기적 헌신과 같은 공동체의 기본 가치가 지탱하는 개인 역시 이 가치들을 공동체에 환원하는 힘을 갖게 된다. 이러한 관계는 선순환을 그리면서 서로가 서로를 지탱하는 힘을 갖게 된다. 그러나 개별적 만족을 추구하는 순간 선순환은 악순환으로 변한다. 개인과 공동체의 상호관계는 서로 힘을 빼앗고 약화시키는 관계로 변화하는 것이다.

건강한 공동체에서만 올바른 교육이 이루어질 수 있다면, 우리는 공동체를 건강하게 만들기 위해 온 힘을 기울여야 한다. 한 사회를 건강하게 만드는 일차적 책임자는 지도적 위치에 있는 사람들이다. 머리에 부은 물은 발밑까지 흘러내리는 법이다(灌頭之水 流下足底). 정치 지도자들, 공직자들, 학계 법조계 언론계 예술계 경제계를 움직이는 사람들이 정직하고 성실하다면 그 사회는 틀림없이 건강한 사회이다. 불행하게도 우리 사회는 그러하지 못하다. 앞에서 말한 바와 같이 고위공직자를 임명하기 위한 청문회만 가지고도 형편이 어떠함을 알 수 있다. Me-too 운동으로 드러나는 권력 가진 사람들의 반도덕성이나 최근 모 항공사 대표 가족들의 갑질 행태도 지도적 위치에 있는 사람들의 왜곡된 가치관을 보여준다.

그렇다면 국민이 나서야 한다. 국민들이 눈을 크게 뜨고 가짜를 골라내야 한다. 법률도 더 엄격히 적용하고 공직자에게 요구하는 윤리 수준도 높여야 한다. 다행히 정보통신의 발달로 세상만사가 점점 투명해지고 있다. 이제 감출 곳, 숨을 곳이 없다. 국민들의 감시의 눈초리가 날카로워졌고 미치는 범위도 넓어졌다. 도덕적으로 올바르고 정의롭고 양심적인 사람을 지도자로 선택할 수 있게 된 것이다.

훌륭한 지도자를 가진 건강한 사회, 그 사회에서 아이들은 설사 100억 원을 준다고 해도 털끝만 한 죄도 짓지 않겠다는, 거짓은 무조건 배척한다는, 양심은 목숨을 내놓고도 지킨다는 가치관을 가지고 성장하게 될 것이다.

# 고전(古典), 독서(讀書), 노벨상

미국의 교육학자 로버트 허친스(1899~1977)는 미국 교육이 존 듀이의 진보주의로 기울어 지나치게 실용적 가치를 추구하는 경향을 비판하고, 고전주의 입장에서 고전을 존중하고 불변하는 진리를 전수해야 한다는 교육이론을 주창하였다. 변화하지 않는 가치의 영원성을 주장하는 그의 교육이론을 항존주의(恒存主義, perennialism)라고 부른다.

그는 30대의 젊은 나이에 시카고 대학 총장에 취임하여 자신의 교육철학을 바탕으로 시카고 대학의 교육을 개편한다. 우선 시카고 대학의 얼굴이라고 할 수 있었던 미식축구부를 해체하고 그 운동장에 도서관을 건축했다. 그리고 교양과목으로 '위대한 책들 프로그램'(The Great Books Program)을 개설하고 고전 중에서도 고전 100권을 선정하여 전공에 상관없이 완독(完讀)을 졸업의 필수조건으로 제시하였다. 시카고 대학생이라면 누구나 100권의 고전을 읽고 이에 대해 자유자재로 토론할 수 있어야 졸업할 수 있도록 제도를 만들었던 것이다.

그 결과는 놀라운 것이었다. 1930년대부터 2000년까지 이 대학 출신으로 노벨상을 수상한 사람이 69명이었다. 시카고 대학은 이 기간 중 단일 대학으로는 최다 노벨상 수상자를 배출한 대학이 되었고, 이후 미국의 대부분 대학들이 The Great Books Program을 도입하였다.

사립 학부중심 대학인 리드 대학교(Reed College)는 미국 오리건 주 포틀랜드 시에 위치해 있다. 스티브 잡스가 이 대학교에서 철학을 공부하다가 중퇴한 대학이기도 하다. 이 학교는 그리스와 로마의 고전 등 인문학을 필수과목으로 이수하여야 한다. 신입생 가운데 20%는 2년 안에 탈락하고 4년 만에 졸업할 확률은 50%에 지나지 않는다. 그러나 박사학위자 배출 비율은 미국 3위이다. 이 학교의 전통 중 하나는 입학이 확정된 학생들에게 책을 두 권 선물하는 것이다. 한 권은 『일리아스』이고 다른 한 권은 『오디세이아』이다. 호메로스가 지었다고 하는 고대 그리스의 최고 고전들이다.

미국의 세인트 존스 칼리지(Saint John's College)는 1696년 설립된 미국에서 세 번째로 오래된 명문 교양중심 대학(liberal arts college)이다. 전교생이 400명 정도 되는 아주 작은 대학이다. 이 대학은 고전 100권을 읽고 토론하는 과정으로 4년간의 커리큘럼이 만들어져 있다. 1년차에 고대 그리스의 위대한 사상가들, 2년차에는 로마 시대와 중세, 르네상스 시기의 고전음악과 시를 공부한다. 3년차에 17, 18세기 사상가들의 주요 저작을 읽고, 4년차에는 19, 20세기

저작을 읽는다. 18명에서 20명의 학생들이 참가하는 세미나에서 이 책들에 대해 깊이 있게 토론한다. 그것이 이 학교의 커리큘럼의 전부이다(《다음백과》 참조).

서울대학교에서도 2013년부터 인문학의 본질을 읽히는 고전교육을 강화하고 있다. 학생들은 해마다 고전 3권을 선정해 읽고 소모임을 통해 토론을 벌이는 수업을 이수해야 한다.

세계 주요 대학들의 이러한 움직임은 실용적 기술이 아니라 불변의 가치를 지니고 있는 고전을 통해 이성적 능력을 계발하는 것이 대학의 소명이어야 한다는 허친스 총장의 신념에 따른 것이다. 그 신념이 놀라운 결과를 만들어냈다.

그러면 왜 고전일까? 왜 고전을 읽으면 이성적 능력, 인문학적 통찰력이 얻어지는 걸까? 이에 대해 서울대 서양사학과 최갑수 교수의 이야기를 요약하면 이렇다.

인류의 역사는 300만 년을 거슬러 올라간다고 하지만, 현생 인류의 직접적인 조상은 4만 년 전쯤 나타난 크로마뇽인이라고 한다. 이후 인류는 수렵생활, 채집생활을 거쳐 농경문화를 이룩하게 된다. 농경문화는 잉여농산물을 낳았고, 그것은 사유재산을 성립시켰다. 이후 많이 가진 자와 적게 가진 자가 나타났고, 더 많이 갖기 위한 투쟁이 시작되었다. 그것이 점점 격렬해지면서 동양의 춘추전국시대와 같은 약육강식의 혼돈의 시대에 이르게 된다. 지역마다 다르겠지만 대략 기원전 15세기경부터 기원전 5세기경까지 이런 시대가 계속되면서 인류는 공멸의 위기를 겪게 된다. 이 기간 중에 만들어진 인류 문화유산을 찾아보기 어려운 것이 그 증거이다.

이러한 극한적 혼돈의 시대를 겪으면서 인류는 이에 대한 철저한 반성, 극한 상황에서의 성찰을 하게 된다. 투쟁이 아니라 공존, 평화, 안정, 행복을 위한 지적 탐구를 하게 된 것이다. 그 결과가 바로 고전이다. 대략 기원전 5~6세기부터 기원전후의 시대를 고전의 시대라고 하는데, 이 시기에 공자 맹자 등 동양의 고전, 플라톤 등 그리스의 고전, 인도의 불교 철학, 기독교 신학이 완성되었다.

놀랍게도, 이들은 서로 영향을 주고받은 바 없지만 용서, 자비, 사랑 등 공통된 가치를 사유하고 있다. 동양의 '자기가 바라지 않는 바를 남에게 시키지 말라'(己所不欲 勿施於人)는 교훈은 서양의 황금률, '남에게 대접을 받고자 하는 대로 너희도 남에게 대접하라(Treat others as you want them to treat you)'와 조금도 다름이 없다. 또한 2000년 전 고전이 도달한 철학적 높이를 지금까지 후대의 어떤 철학도 넘어서지 못하고 있다는 사실도 고전의 위대함을 웅변하고 있다. 이제 허친스 총장의 The Great Books Program을 통해 수많은 노벨상 수상자들이 배출된 이유를 알 수 있을 것이다.

세계적으로 스테디셀러인 『코스모스』의 저자 칼 세이건도 이 책에서 다음과 같은 이야기를 하고 있다.

기원전 6세기는 놀랍게도 지구 전체가 지적, 정신적으로 요동하던 시대였다. 이오니아에서는 탈레스, 아낙시만드로스, 피타고라스와 그 밖의 철학자들이 활약하던 시대였고, 이집트에서는 당시의 파라오인 네코의 명에 따라 아프리카를 일주하는 항해가 있었다. 종교적으로도 특별한 시기였다. 페르시아의 조로아스터, 중국의 공자와 노자, 이스라

엘 이집트 바빌로니아의 유대인 예언자들, 그리고 인도의 석가모니가 활약하던 종교의 황금기였다. 이러한 활약상들 사이의 연관성을 찾아볼 수 없다는 점은 참으로 이해하기 어려운 인류 역사의 수수께끼이다.

이제 우리나라의 초중등교육에서도 독서 습관을 길러주는 교육이 진지하게 추진되었으면 한다. 가정에서 책 읽는 부모님이 자녀들의 독서 습관을 들여주는 것이 우선되어야 하겠고, 학교에서는 독서 교육과정을 운영하여 체계화시키는 것이 좋겠다. 현재 독서교육 진흥을 위한 노력은 단위학교에서 도서예산을 총예산의 몇 % 이상 확보하는 일, 도서관을 확대하고 도서를 확충하는 일, 독서 퀴즈대회 같은 독서 이벤트를 벌이는 일, 권장 도서를 정해서 읽도록 하는 일 정도이다. 제도적으로는 학교생활기록부에 독서 이력을 기록하도록 되어 있고 대학입시에서 이를 반영하는 수준에 그친다. 이것만 가지고는 부족하다. 적어도 독서를 하지 않으면 학교 공부나 대학 입시에서 어려움을 겪도록 강제하는 제도가 있어야 한다. 국제 바칼로레아*에서 매년 실시하는 대학입학 자격시험이 그 예

---

* 국제 바칼로레아(IB, International Baccalaureat): 1960년대 미국과 유럽에서 해외 취업자의 자녀가 늘어나자, 각 나라에서 고등교육기관에 진학할 수 있는 자격제도에 대한 필요성이 높아졌다. 이에 따라 1962년 스위스 제네바의 국제학교와 국제학교협회가 주도하고 국제연합교육과학문화기구(UNESCO)가 협력하여 1976년부터 인터내셔널 바칼로레아 자격사업을 실시하기 시작했다. 이 제도를 관장하는 본부는 스위스에 있다. 인터내셔널 바칼로레아 사무국이 정한 국제교육과정은 언어·인간연구(인간·사회)·실험과학·수학·선택과목(고전·예술 등) 등으로 이루어져 있다. 본부가 공인하는 국제학교에서 2년 동안 수업을 받은 후 규정된 공통입학시험에 합격하고, 소정의 조건을 갖춘 자에게 가맹국의 대학입학자격이 부여된다. 이

가 될 수 있을 것이다. 다음은 IB 자격시험 문제 중 하나다.

> 시간은 문학 작품의 중요한 주제이다. 시간은 '미래를 위한 희망', '잃
> 어버림과 슬픔', '추억의 중요성' 등 인간에게 있어서 아주 중요한 부분
> 이다. 공부했던 작품 중에서 시간의 중요성에 대해 논하시오.

이런 문제에 대해 논술하기 위해서는 평소 독서 습관을 지니고 깊이 있는 독서를 하지 않으면 안 된다. 우리나라 대학입학 시험에서도 IB 자격시험 같은 제도가 하루속히 도입되어야 한다. 미국은 단일 대학에서 수십 명의 노벨상 수상자를 배출하는데, 우리나라는 노벨평화상 수상자 하나뿐이다. 어떤 분야든 가까운 시기에 수상 가능성도 잘 보이지 않는다. 어찌 마음이 급하지 않겠는가.

---

교육과정을 실시하는 학교는 40여 개국에 걸쳐 있다.(〈다음백과〉에서 인용)

# 글에는 사람이 담겨야

1950년대 생인 우리 세대들이 중고등학교에 다녔던 60~70년대에 국어 교과서는 명문(名文) 중의 명문을 정선하여 모아놓은 책이었다. 그 바람에 엄한 국어 선생님한테 걸리면(?) 한 학년 내내 국어 교과서를 외느라 쩔쩔매기도 했지만, 그만큼 고급 언어를 바탕으로 내 언어 체계를 설계할 수 있었을 것이다. 김소월의 「진달래꽃」과 윤동주의 「서시(序詩)」 같은 시들, 이효석의 「메밀꽃 필 무렵」이나 주요섭의 「사랑방 손님과 어머니」 같은 소설들, 양주동의 「질화로」, 이희승의 「딸각발이」, 정비석의 「산정무한(山情無限)」 같은 수필들, 거기에다가 윤선도의 시조, 정철의 가사, 박지원의 「허생전」 같은 주옥같은 고전 작품들이 바로 교과서에 실려 있는 '보통의 글들'이었다. 그 글들에 녹아 있는 정서와 통찰과 해학은 아마도 우리 세대 감각의 공통분모를 형성하고 있을 것이다.

민주적 가치가 시대정신처럼 신봉되고 있는 요즘에는 언어관의 중심에 소통(疏通)이 놓여 있기 때문에 국어 교과서도 옛날과 크게 달라졌다. 국어 교과서는 언어 사용 능력을 길러 주기 위한 텍스트로 활용되고 있는 듯하다. 관점의 차이는 있겠지만 옛날식으로 국어를 배운 것이 행운이었다는 생각도 든다.

국어 교과서의 많은 명편(名篇)들 중에서 특히 이양하의 「신록예찬(新綠禮讚)」과 피천득의 「오월(五月)」이 아직도 기억에 새롭다.

「신록예찬」은 오월, 신록이 세상 가득한 계절에, 그 자연에 눈과 귀와 마음을 빼앗기는 기쁨을 이야기한 작은 수필이다. 인간보다는 신록에 취해 행복을 느낀다는 것이 이 수필의 주제인데, 그럼에도 불구하고 그 내용 중에 '나 역시 사람 사이에 처하기를 즐거워하고 사람을 그리워하는 갑남을녀(甲男乙女) 중의 하나요, 또 사람이란 모든 결점이 있는데도 불구하고 역시 가장 아름다운 존재의 하나라고 생각한다.'라는 구절이 생생하다.

선생님은 이 구절을 주제로 사람이 가장 아름다운 존재의 하나인 이유에 대해 작문을 해오라는 숙제를 내주셨다. 나는 사람들 사이에 뭔가 주고받는 데에서 즐거움이 생겨나는 게 아닐까 생각했다. 필요한 것이나 선물 같은 것뿐만 아니라 마음이나 정을 주고받는 일까지. 그런 나눔에서 기쁨과 행복을 느끼기 때문에 사람은 아름다운 존재가 아닌가 하는 투의 글을 지어낸 것 같다. 다음 국어시간에 선생님이 내 글을 뽑아 낭독해 주셨던 기억도 난다.

피천득*의 「오월」에는 청춘이 보석처럼 박혀 있다. 「오월」의 아

---

\* 금아(琴兒) 피천득(皮天得) 선생은 셰익스피어의 문학을 전공했는데, 셰익스피어의 희곡들을 거의 다 암송했다고 한다. 그의 영어 대화에는 셰익스피어의 표현이 녹

름다운 첫 두 문장은 너무도 찬란해서 지금도 외고 다닌다. '오월
은 찬물로 갓 세수한 스물한 살 청신한 얼굴이다. 하얀 손가락에 낀
비취가락지다.' 계절을 이보다 더 감각적으로, 영롱하게 묘사한 표
현을 알지 못한다. 손끝의 시린 느낌, 뽀얀 얼굴에 닿는 찬물의 신
선한 감각, 흰색과 옥색의 섬세한 어울림, 무엇으로도 감출 수 없
는 스물한 살의 생명의 환희. 이들이 이 두 문장을 빛나게 하는 진
주들이다.

청춘은 자석과 같아서 모든 사람들의 눈길을 끌어모은다. 마릴린
먼로든 제임스 딘이든 그레이스 켈리든 우리는 청춘으로 기억한다.
「신록예찬」과 「오월」에서 보듯 좋은 글에는 사람의 모습이 담겨
있다. 국어 교과서에 실린 글들의 공통점은 그 안에 사람이 담겨 있
다는 것이다. 어찌 보면 문학은 사람을 담는 그릇이라고 할 수 있
다. 사람을 어떤 시각에서 어떤 형식으로 담아내느냐에 따라 문학
의 장르도 나뉘고 작품의 냄새와 색깔도 달라지는 것이다. 월간지
『샘터』를 창립한 김재순 옹은 샘터 사람들에게 "사람은 본디 사람
에게 무한한 흥미가 있다. 사람 얘기 많이 써라." 그리고, "샘터엔
세 기둥이 있다. 글 잘 쓰는 사람, 글은 못 써도 사회적으로 성공한
사람, 성공도 못하고 글도 못 쓰는 사람이다. 샘터는 셋째 사람을
찾아가 같이 울고 웃어야 해."라고 당부했다고 한다.

세상이 각박해지고 살림이 팍팍해지면서 사람이 점점 더 그리워
지는 세상이 되어가고 있다. 그럴수록 문학은 인간을 담아야 한다.

---

아 있어서 선생과 이야기를 나눠본 영국인들은 자신의 영어를 부끄러워했다고 한
다. 금아 선생이 남긴 글들이 한결같이 주옥같은 명편인 이유도 여기에 있지 싶다.

인간이 담긴 시라야 하고, 인간이 담긴 소설, 수필이어야 한다. 그래서 옛날 국어 교과서가 새삼스럽게 추억으로 다가오는지도 모르겠다.

제2부

# 국가 건축론

서양화, 서승리, 〈파도〉

# 국가라는 집은 사람으로 지어진다

**1**

만약에 에디슨이라는 사람이 없었더라도 다른 누군가에 의해 전구가 발명되었을까? 19세기 후반쯤이면 과학의 발달 정도로 보아 빛을 낼 수 있는 도구를 발명할 만한 조건이 갖춰져 있었기 때문에 에디슨이 아니더라도 누군가가 전구를 발명했을 거라는 가정이 가능할까? 그렇지 않다고 생각된다. 에디슨이라고 하는 사람의 천재성과 끈질긴 노력이 있었기 때문에 전구는 태어날 수 있었다. 에디슨은 147번의 실패 끝에 148번째 실험에서 전구 발명에 성공했다고 한다. '천재는 1%의 영감과 99%의 노력으로 만들어진다.'는 격언도 에디슨이 남겼다.

마찬가지로 임진왜란 때 충무공이 없었더라도 일본의 침략을 물리칠 수 있었을까 하는 물음도 우문(愚問)이다. 충무공의 영웅적 자질―충성심, 애민정신, 리더십, 의지, 전략적 판단 능력 등―에 의해 한산대첩, 명량대첩 같은 승리를 거둘 수 있었다. 조선 500년 역사에서 충무공의 존재는 그 무게감이 결코 가볍지 않다.

이러한 사실은 고대 그리스 로마에서도 찾아볼 수 있다. 아테네의 번영과 영광은 페리클레스라는 걸출한 인물이 있었기 때문에 가능했다. 그는 역설적이게도 아테네 민주정 체제에서 32년간이나 장기 집권을 했다. 그러나 페리클레스 사후에는 아테네를 이끌 만한 지도자가 없었기 때문에 중우정치(衆愚政治)의 혼란 속에서 아테네는 멸망해갔다.

로마 역시 조국의 자유를 위해 싸우다 죽은 루키우스 브루투스, 적과의 약속을 지키기 위해 처형당하러 적진 카르타고로 돌아간 마르쿠스 아틸리우스, 칸나이에서 치욕적인 패배 때 동료 집정관의 어리석음을 자신의 죽음으로 보상한 루키우스 파울루스와 같은, 자신과 공동체 모두에게 투철한 인물들에 의해 천 년의 역사를 이어갈 수 있었다(키케로, 『노년에 관하여』 참조).

한편으로 찬란한 역사의 페이지들이 뛰어난 인물들에 의해서만 쓰인 것은 아니다. 열망과 열정으로 더 나은 삶을 개척하고자 했던 보통 사람들, 자신이 속한 더 큰 공동체에 대한 책임을 자신의 목숨보다 중히 여겼던 일반 시민들이 찬란한 역사의 주인공이기도 했다. 키케로에 의하면 때때로 다시는 돌아올 수 없으리라 믿었던 그곳으로 흔쾌히 그리고 의기양양하게 행군을 했던 보통의 시민들로 이루어진 로마 군단들이 로마사의 주인공들이다. 세계 각지에서 몰려와 아메리칸 드림에 도전함으로써 초강대국을 탄생시킨 미국 시민들, 전쟁의 폐허 위에서 경제 성장과 민주화를 동시에 일궈낸 한국 국민들도 바로 그들이었다.

이와 같이 역사는 상하를 막론하고 그 주역이 누구냐, 즉 어떤 역량과 태도와 의지를 가진 사람들이 집단을 구성하고 있으며, 이들의 지향점과 열정이 어떠했는지에 따라 전혀 다르게 진행된다. 이것은 현대에도 마찬가지이다.


## 2


키루스 대왕(BC 590년경~BC 530년)은 고대 페르시아 제국을 건설한 위대한 군주이다. 이란에서 그는 건국의 아버지로 추앙받고 있다. 키루스 대왕의 성장 과정이나 사람됨, 제국 건설 과정, 업적, 대왕을 둘러싼 일화 등은 대왕보다 한 세기쯤 뒤에 살았던 크세노폰에 의해 쓰인 『키루스의 교육』이라는 책에 상세하게 기록되어 전하고 있다. 아포리아 시대의 인문학을 계몽하고 있는 연세대 김상근 교수의 『군주의 거울, 키루스의 교육』을 통해서도 이에 대해 깊이 있게 살펴볼 수가 있다. 이 책들에서 묘사된 키루스 대왕은 관용 정신으로 민족과 종교를 불문하고 누구든 제국 안으로 포용했고, 백성을 사랑으로 다스렸고, 누구보다도 지혜로웠고, 백성들과 함께 기쁨과 슬픔을 나누었고, 매사에 솔선수범했고, 왕 중의 왕이었음에도 불구하고 늘 겸손했던 인물이었다.

그런데 이러한 모든 장점을 넘어서는 키루스 대왕의 위대한 점은 사람을 얻는 일에 부지런했다는 점이다. '제국은 건물이 아니라 사람이다. 위대한 제국은 대리석이나 권력으로 세워지는 게 아니라 사람으로 세워진다.'는 자신의 말처럼 키루스는 사람의 존재가 얼마나 중요한가를 잘 알고 있었다.

『키루스의 교육』에는 키루스의 아버지 캄비세스가 아들에게 일러준 다음과 같은 이야기들이 기록되어 있다

"군주가 가진 가장 참되고 확실한 왕홀(王笏)은 바로 충직한 친구들이다. 너는 네 친구들이 스스로 충직하게 되도록 만들어야 한다. 그런 친구를 얻는 것은 강요가 아니라 친절을 통해서만 가능하다."

"마음을 얻어야 자발적인 충성을 이끌어낼 수 있다."

"사람들은 자신의 이익에 관해 자신보다 현명하게 생각하고 돌보아 준다고 믿는 사람에게 복종하는 것을 너무도 기쁘게 생각한다."

"그들에게 좋은 일이 생기면 함께 기뻐하고, 좋지 않은 일이 생기면 같이 슬퍼하며, 그들이 어려운 처지에 놓였을 때 열심히 그들을 도우려 노력하고, 다른 곳에서 그들이 침해받지 않도록 걱정해주며, 실제로 침해당하지 않도록 막아주기 위해 노력하는 것을 보여주어라."

아버지가 아들 키루스에게 남겨주고자 한 교훈은 사람이 소중하니 사람의 마음을 얻고 그들을 네 편으로 만드는 데 최선을 다하라는 것이었다. 키루스는 이를 철두철미 실천했고, 페르시아 제국을 일으킨 원동력도 그렇게 자신의 주변에 불러 모은 인재들이었다.

3

한고조 유방과 초패왕 항우의 5년에 걸친 천하 쟁패를 다룬『초
한지(楚漢志)』에도 '위대한 제국은 사람으로 세워진다'는 사실을 방
증하는 다음과 같은 이야기가 전해지고 있다.

항우와의 5년 전쟁에서 승리한 유방(劉邦)은 기원전 202년에 한
(漢)나라를 세운다. 그가 바로 한고조이다. 고조는 즉위 후 군대를
해산하여 고향으로 돌려보내고 성대한 잔치를 연다. 이 자리에서
그는 신하들에게 "내가 천하를 차지하게 된 것은 무엇 때문이며, 항
우가 천하를 잃게 된 것은 무엇 때문인지 숨김없이 말해 보라."고
명을 내린다.

왕릉(王陵)이 나섰다. "폐하께서 성을 공략하여 승리한 뒤에는 공
적이 있는 자들에게 전리품을 나누어 주어 천하와 함께 승리를 같
이하셨습니다. 그러나 항우(項羽)는 그렇지가 않았습니다. 그는 어
진 자와 능력 있는 자를 질투, 의심하고 공이 있는 자에게 차마 땅
을 나눠주지 못하고 공을 모두 자기의 것으로 했습니다. 이것이 항
우가 천하를 잃은 까닭입니다."

그러자 유방이 말했다. "그대는 하나만 알고 둘은 모르는군. 군진
의 장막 속에서 계책을 세워 천리 밖의 승패를 판가름 짓는 일은
내가 장량(張良)보다 못하고, 국가를 다스리고 백성을 위로하며 보
급을 원활히 하는 일은 내가 소하(蕭何)보다 못하고, 백만 대군을 거
느리고 싸우면 반드시 이기고 공격하면 반드시 빼앗는 일은 내가
한신(韓信)보다 못하오. 이 세 사람은 모두 천하의 인걸이오. 나는

이들 셋을 잘 썼기 때문에 천하를 차지할 수 있었던 것이오. 항우에게는 범증(范增) 한 사람이 있었을 뿐인데 이 사람마저도 제대로 쓰지 못했기 때문에 항우는 천하를 잃은 것이오."

한(漢)이라는 제국도 사람으로 세워졌던 것이다.


## 4

우리나라의 역사에서도 사람을 국가 보위의 으뜸으로 알아, 인재를 찾고 기르고 아끼고 활용하기 위해 애쓴 많은 사례들을 찾아볼 수 있다. 신라가 화랑제도를 창안한 것, 고려가 과거제도를 도입한 것이 좋은 예가 될 수 있겠고, 성균관도 인재 발굴과 육성을 으뜸으로 여긴 조선이 만든 제도의 하나였다. 성균(成均)은 어그러짐을 바로잡아 이루고 과불급(過不及)을 고르게 한다는 뜻이었으니, 성균관은 인재들을 모아 성균(成均)하게 길러서 태평성대를 보좌할 신료(臣僚)들로 삼고자 한다는 뜻을 담고 있는 제도였던 것이다.

조선시대에 인재를 나라의 으뜸으로 알았던 대표적인 군주는 세종대왕이다. 세종이 왕위에 오를 당시 조선은 건국 이래 표방해온 유교주의 국가로서 갖추어야 할 유교주의적 의례·제도를 확립해야 할 시급한 과제를 안고 있었다. 대명사대관계(對明事大關係) 또한 어려운 과제였다. 두 과제를 원만히 수행하기 위해서는 무엇보다도 이를 감당할 수 있는 인재의 양성과 문풍(文風)의 진작이 필요하였다. 이에 따라 세종 즉위 2년째인 1420년에 설치한 기관이 집현전(集賢殿)이었다(〈다음백과〉'집현전' 참조).

집현전은 현재의 수정전 자리에 위치해 있었다. 이곳은 임금이 평상시에 머물면서 정사를 펼치던 사정전과 행랑으로 연결되어 있었다. 세종은 날씨와 관계없이 수시로 집현전을 찾아가 의견을 물을 수 있었다. 세종은 어떤 일이든지 신하들과 의논했다. 그의 소통 방식은 "의논하자, 어찌하면 좋겠는가? 황희 정승의 말이 심히 아름답도다. 황희 정승이 말한 대로 하라"와 같은 방식이었다고 한다. 집현전은 세종의 싱크 탱크였던 것이다.

집현전을 왕의 지근거리에 둔 것은 이와 같은 이유와 함께, 그만큼 집현전 학사들을 중시하고 권위를 높여주고자 했기 때문이기도 하다. 세종은 사가독서(賜暇讀書) 제도를 두어 집현전 학사들에게 독서에 전념할 수 있도록 휴가제도도 실시했다.

집현전은 글자 그대로 현사(賢士)들이 모여 있는[集] 전당(殿堂)이다. 신숙주, 성삼문, 박팽년, 정인지, 최항, 강희안, 김수온, 이개 등과 같은 당대의 최고 인재들이 모여 학문적 수련을 쌓고, 제도를 연구하고, 책을 편찬하고, 통치의 바른 길을 제시함으로써 집현전은 조선 500년 역사를 이어갈 학문적·문화적 기틀을 다지게 된다. 집현전 학사들이 훈민정음 창제 과정에 참여했는지에 대해서는 논란이 있지만, 훈민정음의 창제 원리를 밝히고 보급하기 위한 편찬 사업을 벌인 것도 이들의 공적이었다. 『훈민정음 해례(訓民正音解例)』, 『동국정운(東國正韻)』, 『사서언해(四書諺解)』 등 국보급 서적들이 이들에 의해 저술되었다.

세종대왕의 인재 등용은 이에 그치지 않는다. 노비의 신분이었던 장영실(蔣英實)을 등용하여 과학 발전을 이룬 것도 세종이었다. 어머니가 동래현에 소속된 관기였던 장영실은 어머니 신분에 따라 노비가 되었다. 어려서부터 물건 만드는 데 비상한 재주를 나타낸 그는 조정까지 알려지면서 궁노(宮奴)로 천거되어 충녕대군 시절의 세종 눈에 들게 된다. 세종은 즉위 3년에 조정의 극심한 반대를 무릅쓰고 장영실을 면천(免賤)시켜 종5품인 상의원 별좌로 임명한다. 상의원은 왕의 의복과 궁중에서 사용하는 물품을 담당했던 기관이었다. 이후 장영실은 정4품 호군(護軍), 종3품 대호군(大護軍)까지 오르면서 자격루(自擊漏), 간의대(簡儀臺), 흠경각(欽敬閣), 앙부일구(仰釜日晷) 같은 천문기구를 제작하는 등 과학 발전에 크게 이바지한다. 서거정(徐居正)은 필원잡기(筆苑雜記)에서 "많은 기술자들이 있었으나 임금의 뜻을 맞추는 이가 없었는데, 오직 장영실이 세종의 지혜를 받들어 기묘한 솜씨를 다하여 부합되지 않음이 없었으므로 세종이 매우 소중히 여겼다. 사람들이 모두 말하기를, '장영실은 시대를 위해 태어난 인물이다.'라고 했다"고 전하고 있다(〈네이버지식백과〉 참조).

세종대왕은 사람이 통치의 가장 중요한 수단임을 알았고, 이들의 힘을 빌려 건국 이후 국가의 기틀을 확고하게 다진 현명한 군주였다. 또한 세종에 의해 발탁된 인재들도 왕의 뜻에 부합할 수 있는 능력을 가진 당대 최고의 인물들이었다.

## 5

'제국은 건물이 아니라 사람이다. 사람으로 세워진다.'에서 '사람'은 앞에서도 말한 것처럼 위대한 인물들만 해당하는 것은 아니다. 보통 사람들, 일반 시민들이 그 숨은 주역이기도 하다. 빙산에 비유하자면 물 밖에 나와 있는 부분을 지도자라 한다면 물속에 잠겨 있는 부분이 바로 이들이겠다.

미국인들의 조상은 대대손손(代代孫孫) 아메리카 대륙에 살던 원주민들이 아니었다. 미국은 청교도의 이주 이래로 세계 모든 나라, 모든 인종으로부터 이민을 받아들였다. 모두에게 미국은 기회의 땅이었다.

미지의 세계로 이주를 결심하기 위해서는 그에 따른 두려움을 이길 만한 배짱이 있어야 한다. 미지의 세계에서 부딪힐지 모를 모든 위험을 감수하고 이를 이겨낼 만한 용기와 지혜와 의지가 있어야 한다. 이들은 대개 원 소속 집단에서는 남들보다 좀 더 진취적인 사람, 열망도 강하고 모험심도 있고 그만한 능력도 갖춘 사람들이었다.

미국에 모인 사람들은 바로 이런 사람들이었다. 그들은 자신의 능력과 열정으로 자신들의 꿈을 실현해갔다. 아메리칸 드림은 이민자들의 꿈과 고난과 의지와 노력과 성공을 의미한다. 지금도 아메리칸 드림은 가난한 나라 국민들을 유혹하고 있고, 현재의 미국 대통령은 여러 정책 수단들을 동원해서 이들을 막으려 하고 있다. 하지만 한편으로는 이러한 조치가 아메리칸 드림에 의지해온 미국의 힘을 약화시키게 될 거라는 우려도 제기되고 있다.

2018년 2월초, 평창 동계올림픽을 계기로 남북 교류의 분위기가 만들어지고 있을 때, 트럼프 대통령은 백악관으로 탈북자들을 초청해서 북한 정권과 인권 상황에 대해 이야기 듣는 기회를 만들었다. 초청받은 탈북자들 중에는 북한인권포럼 대표인 지성호 씨도 있었다. 그는 어린 시절에 북한에서 굶주려 식량을 훔치다가 기차에 한쪽 발이 잘려 불구가 되는 비극을 겪어낸 사람이다. 그 후 탈북을 하여 지금은 북한인권운동가로 활동하고 있다. 불행하고 가슴 아픈 사연을 안고 있는 그에게 미국은 특별히 기회의 땅으로 비쳤던 듯하다. 미국에 대한 인상을 묻는 한 기자의 질문에 그는 '미국은 강한 나라이고, 강한 나라가 된 이유는 이민 정책으로 세계 각국에서 좋은 사람과 기술, 문화를 다 받아들였기 때문이다, 그리고 자유가 보장되어 있는 것도 그 이유 중의 하나라고 생각하는데, 대신 미국인들은 자유에 따른 책임, 자신의 선택에 대해 책임질 줄 아는 사람들'이라고 대답을 했다. 탈북자이기 때문에 기회가, 인권운동가이기 때문에 자유가 더 크게 느껴졌는지도 모른다.

세계 모든 곳에서 모인 뛰어난 사람들이 있었기 때문에 초강대국 미국은 만들어졌다. 이와 같은 관점에서 에이미 추아는 저서 『제국의 미래』의 결론을 다음과 같이 내리고 있다.

> "한 사회가 세계적인 차원에서 경쟁자들을 물리치기 위해서는 인종, 종교, 배경을 따지지 않고 세계에서 손꼽히는 능력과 지혜를 갖춘 인재들을 끌어들이고 그들에게 동기를 부여해야 한다."

## 6

우리 대한민국 역시 '제국은 사람으로 세워진다.'는 사실을 뒷받침할 만한 대표적인 나라이다.

우리나라는 지금 단군 이래 가장 잘살고 있다고 한다. 이만큼 세계적인 주목을 받는 자랑스런 나라의 국민으로 살아본 적이 없는 것이다. 우리나라의 연간 무역액은 1조 달러를 넘어섰고, 1인당 연간 국민소득은 3만 달러를 넘보고 있다. 20-50클럽에 가입한 지는 이미 오래다. 온 세계에 한국 사람들이 진출해 조국을 빛내고 있고, 가난한 나라 사람들이 꿈을 찾아 한국으로 몰려들고 있다.

한때 세계 3대 국제기구 중 세계통화기금(IMF)을 제외하고 국제연합(UN) 사무총장과 세계은행(WB) 총재를 한국 사람이 맡았던 때가 있었다. 반기문 총장과 김용 총재가 그들이다. 어느 국제회의에서 이 두 사람이 나란히 단상으로 올라가는 것을 보고 당시 오바마 대통령이 "한국 사람들이 세계를 지배하고 있다."고 한 농담이 기사화되기도 했다.

우리는 일제 식민지에서 벗어나자마자 북한의 무력 남침 6·25 동란을 겪었다. 모든 것이 파괴되었고 많은 사람들이 죽거나 다쳤다. 1960년대 초 우리나라의 1인당 국민소득은 68달러로 세계에서 가장 가난한 나라였다. 가진 자원도 없었다. 식량을 배급하고, 공무원 봉급 주고, 학교 세우고, 홍수에 쓸려간 다리 복구하는 등등 나라 살림 전체를 미국의 원조에 의지해야 했다. 당시 국민학교(지금은 초등학교)에서는 점심시간에 원조받은 강냉이로 죽을 끓여 아이들에게 나눠주는 일이 큰일이었다.

그러나 우리는 1991년부터 다른 나라를 원조하는 나라로 변신한다. 원조를 받는 국가들에서는 다른 부자 나라보다 대한민국으로부터 받는 원조를 가장 반가워한다는데, '우리도 노력하면 대한민국처럼 잘살 수 있다는 희망'도 함께 받을 수 있기 때문이란다. 경제학자들도 한국을 빼놓고는 20세기 세계 경제를 이야기할 수 없다고 한다. 경제 성장만이 아니라 민주화도 이룩했다. 식민지에서 벗어난 나라 중, 경제 성장과 민주화를 동시에 이룩한 국가는 대한민국밖에 없다고 한다.

한강의 기적이라고 지칭되는 대한민국 성장의 주역은 바로 '사람'이었다. 근대화 과정에서 우리는 국내뿐만 아니라 독일, 중동, 베트남에서 땀과 피를 흘렸다. 영화 〈국제시장〉이 큰 성공을 거둔 이유는 이제 한숨을 돌린 가벼운 마음으로 그 아픈 과정을 되돌아볼 수 있기 때문이 아닌가 한다. 이 영화의 명대사(名臺詞)는 "내는 그래 생각한다. 힘든 세월에 태어나 이 힘든 세상 풍파를 우리 자식이 아니라 우리가 겪은 기 참 다행이라꼬."로 남아 있다.

사람만이 자원이었던 그때 우리나라 사람들은 참으로 뛰어난 자원이었다. 그 사실은 지금도 마찬가지다. 우리나라에서 살다 돌아간 외국인 4천 명을 대상으로 '한국 하면 무엇이 떠오르는가?'를 물었는데, 첫 번째가 기술, 두 번째가 한국 사람, 세 번째가 김치나 비빔밥 같은 한국 음식, 이어서 드라마와 K-Pop 같은 한류, 6·25 동란, 북한 핵 등이 순위 안에 들었다. 그만큼 '한국 사람'은 독특하고 특별한 존재로 인식된다. 아마도 '빨리빨리'로 상징되는 속도와

돌파력과 함께, 한국인의 독창성, 의지, 노력, 인내, 열망, 열정 같은 것이 한국 사람을 특별한 존재로 기억시키는 것이라고 보인다. 불과 반세기 만에 서양 200년을 뛰어넘은 사람들이 아닌가.


## 7

한국 사람을 '한국 사람'으로 만들어 한강의 기적을 이룬 힘은 교육에서 나왔다고 한다. 우리는 이것을 세계에 자랑한다. 그렇게 생각할 만도 하다. 대학을 우골탑(牛骨塔)이라고 했듯이, 우리 부모님들은 농사짓는 소를 팔아서까지 자식 교육에 모든 것을 쏟아부었다. "벌어서 자식 공부시키고, 다음에 먹고 살았다."가 표준이었지 "먹고 산 다음에 남은 것을 가지고 자식 가르쳤다."는 표준이 아니었다.

그런데 영국 케임브리지 대학의 장하준 교수는 교육이 한 나라의 경제 성장과는 별로 관계가 없다고 하고 있다. 그는 문맹률과 국민소득의 관계, 학력(學力)과 생산성 향상과의 관계를 분석했는데, 결과는 문맹률이 낮다고 해서, 또는 학력이 높다고 해서 잘사는 건 아니었다. 또한 OECD 국가 중 대학진학률이 가장 낮은 스위스가 국민소득은 가장 높았다. 이를 바탕으로 『그들이 말하지 않는 23가지』에서 장하준 교수가 내린 결론은 '교육을 더 시킨다고 나라가 더 잘살게 되는 것은 아니다.'라는 것이었다. 그 대신 '한 나라의 번영을 결정하는 것은 개인의 교육 수준이 아니라 생산성 높은 산업

활동에 개인들을 조직적으로 참여시킬 수 있는 사회 전체의 능력'으로 보았다. 제대로 된 조직과 제도를 통해서만이 더 부유해질 수 있다는 것이다.

한강의 기적이 교육의 힘만으로 이루어진 것은 아니라는 장하준 교수의 주장에 나도 동의한다. 그러나 제도와 조직이 성장의 원동력이라는 주장에는 조건을 달고 싶다. 제도와 조직보다 더욱 근원적인 요인이 있다고 생각하기 때문이다. 그것은 바로 꿈과 열망, 의지와 결단력 같은 개인적 자질이다.

1952년생인 나의 동갑내기들은 대부분 초등학교는 졸업할 수 있었다. 그러나 중학교에 진학한 아이들은 절반에 불과했고, 고등학교 진학도 중학교 졸업자의 반에 지나지 않았다. 그러니 대학 진학률이 어떠했는지는 짐작할 수 있을 것이다. 그러나 우리들은 각자 여건에 따라 원하는 분야에서 능력을 발휘할 수 있었고 나와 우리의 발전을 동시에 이룩할 수 있었다. 공부를 많이 했다고 해서, 소위 가방끈이 길다고 해서 그만큼 더 잘사는 것은 아니었다. 오히려 대학 졸업한 친구는 봉급쟁이로 평생을 살고 말았지만 초등학교나 중학교만 졸업한 친구는 지금도 대표이사 명함을 가지고 다닌다. 고 정주영 회장이 만약 대학까지 나왔다면 대기업 현대는 없었을 것이라는 가정에 사람들은 고개를 끄덕인다.

한국 사람을 '한국 사람'으로 만든 것은 잘살아 보겠다는 열망, 잘살고 말겠다는 오기, 물불과 밤낮을 가리지 않는 열정이었다. 초등학교 혹은 중학교만 졸업한 친구들은 무작정 상경했다. 그들이 가진 것은 지식도 기술도 아니고 오로지 몸뚱이 하나와 그 몸뚱이를 가득 채운 열망과 열정뿐이었다. 풍문으로 들려오는, 먼저 도회지로 떠난 사람들의 성공 신화를 들으면서 이들은 꿈을 불태웠다. 이들은 독일의 지하 천 미터 갱도 속으로, 중동의 모래폭풍 속으로 뛰어들어 잘사는 대한민국을 만드는 초석이 되었다. 인간을 향상시키는 가장 큰 힘은 미래에 대한 기대와 확신인 것이다.

다시 키루스의 말을 빌린다면, 대한민국은 건물이 아니라 사람이며, 위대한 대한민국은 화강암이나 권력으로 세워진 것이 아니라 사람으로 세워졌던 것이다.


8


지금 우리나라는 인재가 풍부한 사람 부자 나라인가? 그렇게 되기 위해 노력하고 있는가?

지금 우리는 꿈에 들떠 있는가? 우리 젊은이들은 미래의 가능성을 믿고 있는가? 그 가능성을 위해 현재를 투자하고 있는가? 자신은 무엇이라도 될 수 있다는 자신감을 가지고 있는가? 한 사람의 미래를 알기 위해서는 점쟁이에게 찾아갈 것이 아니라 지금 그 사람이 무엇을 하고 있는가를 들여다보라고 했다. 우리 젊은이들은 지금 무엇을 하고 있는가? 저 멀리 미지의 세계에, 대양 저 멀리 어딘가에서 젊은이들의 야망을 일깨우는 보물섬을 향해 거친 파도를 헤쳐가고 있는가?

우리는 젊은이들을 '현대의 로마 시민'으로 만들고 있는가? 스스로 강할뿐더러 내가 있기 위해서 먼저 공동체가 있어야 함을 자각하고 실천하는 '현대의 화랑'으로 기르고 있는가? 최고의 인재들이 동경하는 '집현전'이 문을 활짝 열어놓고 있는가?

안타깝게도 우리의 많은 젊은이들이 공시족(公試族)이라고 한다. 공무원 시험을 준비하고 있는 사람이라는 뜻이다. 언론 보도에 의하면 취업준비생 10명 중 4명이 공무원 시험을 준비하고 있고, 고등학교 때부터 공무원 시험을 준비하고 있는 학생들도 늘어나고 있다고 한다. 10%가 넘는 청년 실업률도, 삼포 세대니 오포 세대니 하는 자조 섞인 말들도 우리를 우울하게 한다.

우리나라는 탐욕스런 강대국들 사이에서 국운을 시험당하고 있다. 우리 힘이 강할 때는 어깨를 펼 수 있었지만, 이런저런 이유로 나라가 흔들릴 때는 어김없이 이웃 나라의 침략을 받아야 했다. 동서고금을 막론하고 이타적인 국가는 이 세상에 존재한 일이 없다. 영토를 수호하고 국민을 보호해야 하는 국가의 속성상 이타적인 국가는 있을 수가 없는 것이다. 우리가 의지할 것은 강하고 단결된 우리나라 국민과 이를 이끌어가는 탁월한 지도력뿐이다.

이제 교육이 나서고 정치가 나서야 한다.

교육은 꿈을 만들어 내야 한다. 장하준 교수가 교육은 삶의 질을 높이는 데는 유용하지만 잘살게 하는 수단은 아니라고 했다. 교육이 청소년들에게 지식만 전수하는 데 그친다면 그런 비판에서 벗어날 수 없을 것이다. 그러나 교육이 꿈을 생산하는 데 주력한다면 이야기는 달라진다. '바다 저 멀리 참을 수 없는 욕망의 대상을 보여주어라. 그러면 가르쳐주지 않아도 어떤 수단을 쓰든지 바다를 헤치고 그곳에 도달하고 만다.' 우리 교육이 바로 그래야 한다.

정치도 마찬가지이다. 정치의 목적은 국민들에게 비전을 보여주고 그 찬란한 미래를 위해 힘을 합쳐 함께 나아가도록 조정하고 통합하는 일이다. 편을 갈라놓고 반대편을 말살하는 것은 반정치이다. 반대편을 긍정하고 수용함으로써 내 힘은 두 배가 된다. 이것이 역사가 반복해 보여주고 있는 관용의 힘이다.

학교가 꿈을 생산하는 곳이 되기 위해서는 학교는 청소년들이 공부하고 싶은 것을 마음껏 공부할 수 있는 곳으로 바뀌어야 한다. 그것이 교육개혁이다. 나라가 꿈을 보장하기 위해서는 국민들이 하고 싶은 일을 마음 놓고 할 수 있는 자유와 그것을 뒷받침할 수 있는 정치체제가 갖춰져 있어야 한다. 그것이 혁신이다. 그렇게 하여 우리 대한민국은 사람으로 부자인 나라, 사람으로 세워지는 제국으로 우뚝 서게 되기를 바랄 뿐이다.

# 지도자론

　한 사회의 역동성과 창조적 능력은 지도적 위치에 있는 사람들의 리더십에 좌우된다. 스웨덴, 노르웨이, 핀란드 같은 스칸디나비아 국가들, 덴마크, 독일 같은 나라들이 국민 통합과 사회적 유대를 이루고 국제금융위기 같은 난관에도 동요 없이 안정을 유지하고 있는 이유 중의 하나는 훌륭한 지도자들을 길러내는 시스템이 건재하고, 당대가 요구하는 리더십을 선택할 수 있는 길이 열려 있으며, 그렇게 뽑힌 지도자들이 제 역할을 충실히 수행하고 있기 때문이다. 그들 지도자들의 공통점은 권력은 국민 위에 군림하거나 휘두르는 것이 아니라 국민에게서 빌린 것임을 철두철미 알고 있다는 것이다. 스웨덴에서 1946년부터 69년까지 23년간이나 수상을 지낸 타게 엘란데르는 스웨덴 국민의 아버지로 추앙받는 인물이다. 그가 작고했을 때 부인은 볼펜 몇 자루를 고무 밴드로 묶어 정부 청사에 반납했다. 그 볼펜들에는 '정부 소유'라는 마크가 찍혀 있었다. 엘란데르 수상이 어떤 지도자였었는지 간접적으로나마 짐작할 수 있는 일화이다.

반면에 구약성서에 나오는 소돔과 고모라는 훌륭한 지도자를 갖지 못한 집단이나 국가는 멸망하고 만다는 교훈을 보여준다. 아브라함이 하느님께 소돔과 고모라를 구원해줄 것을 애원하자 하느님은 의인이 10명만 있으면 청을 들어주겠다고 했다. 그러나 소돔과 고모라에는 의인 10명이 없었다. 하느님은 두 도시를 멸망시켜버리고 말았다.

일본이 우리 조선을 집어삼키는 데 앞장선 이토 히로부미는 '조선에 인물이 있다면 오늘과 같은 상태에 이르지는 않았을 것'이라고 비꼬았다. 우리 대한제국이 소돔이요 고모라였던 것이다. 참으로 부끄러운 일이 아닐 수 없다.

*

철인정치(哲人政治)를 주장한 플라톤은 『국가(國家)』에서 국가의 구성원을 통치자와 수호자, 생산자의 세 계층으로 나누고 통치자 계층이 갖춰야 할 덕목을 지혜, 수호자는 용기, 생산자는 절제로 규정했다. 국가를 유지하고 국민을 보호하고 사회를 발전시키기 위해서는 각 계층마다 주어진 덕목에 충실해야 하는데, 특히 통치자에 대하여는 오랜 기간의 교육과 다양한 경험, 그리고 엄격한 도덕적 순수성을 요구했다. 그 전형적인 예를 고대 로마의 원로원 제도에서 찾아볼 수 있다.

원로원은 로마의 행정이나 외교 등의 결정권을 장악한 실질적인 통치 기구였다. 요즘의 의회와 성격이 비슷하다고 하겠다. 원로원 의원이 되기 위해서는 우선 귀족 계급이어야 했고, 회계 검사관이라는 공직을 거쳐야 했다. 회계 검사관은 경제나 도덕 같은 로마 사람들의 삶의 기본 질서를 책임지는 직책이었다. 이 임무를 잘 수행한 사람만이 재무관의 심사를 거쳐 원로원 의원이 될 수 있었다. 평민 중에서도 원로원 의원이 될 수 있었는데, 평민들의 이익을 대변하는 호민관을 거친 사람은 원로원에 자동적으로 들어갈 수 있었다. 이렇게 원로원 의원은 리더로서의 자질이 검증된 사람들이었다.

　원로원 의원은 세습되지도 않았다. 그만큼 로마 사람들이 이 제도의 공공성을 중시했다. 원로원 의원이라야 요즘의 행정 수반에 해당하는 집정관이 될 수 있었고 속주 총독도 될 수 있었다. 이들은 노블레스 오블리주 정신의 화신이었다. 이들은 사재를 털어 공공건물을 지어 기증하고 로마 가도를 보수했다. 로마가 치른 수많은 전투에서 이들은 늘 앞장섰고, 원로원 계급, 기사 계급, 평민 계급 중에서 전사자 비율이 가장 높은 계급도 원로원 계급이었다. 공화정 시대에 로마가 한니발 전쟁과 같은 위기를 극복해내고 유럽 전체를 아우르는 대제국을 건설할 수 있었던 것은 이들의 희생과 탁월한 리더십에 의지한 바 크다.

　동양의 역사도 마찬가지이다. 당나라 시대의 황금기를 이끈 인물은 현종이라는 탁월한 군주였다. 그는 현명한 재상을 등용하고 널리 인재를 구하여 정치를 맡겼다. 백성을 나라의 근본으로 알아 그들의 삶을 풍족하게 하는 데 온 힘을 기울였다. 군사력을 강화하여 오랑캐의 침략을 막고 외국과의 교류를 장려하여 경제를 진흥시켰다. 이백, 두보, 왕유와 같은 문사들도 이때 배출되었다. 통치 후기에 양귀비의 색(色)에 총명을 잃어 나라를 위태로운 지경에 이르게[傾國]는 했지만 그전까지 현종의 통치기를 개원(開元)의 치(治)라 하여 태평성대로 기리고 있다.

몽골 제국을 건설한 칭기즈 칸(成吉思汗)도 위대한 지도자였다. 새천년을 몇 년 앞둔 1995년, 워싱턴포스트지는 지난 천 년의 세계사에서 가장 영향력이 컸던 인물로 칭기즈 칸을 선정했다. 몽골제국을 중심으로 당시 전 세계라고 할 수 있었던 유교의 중국, 기독교의 유럽, 이슬람교의 서남아시아를 정복하고 지배했던 인물이 칭기즈 칸이다. 다양한 문화 교류도 이루어졌음은 물론이다. 한 인물을 통해 거대한 제국이 탄생하고 새로운 문명이 형성된 것이었다.

세종대왕 재임기의 조선은 우리 역사상 가장 역동적이고 창조적인 시대였다. 세종대왕의 탁월한 리더십과 이를 통치 행위로 구체화시킨 집현전 학사들, 장영실 박연 등과 같은 인재들이 있었기 때문이었다. 정조대왕의 시대 역시 뛰어난 리더십의 시대였다. 정조의 뒤에는 천재들이 있었다. 다산을 비롯해서 채제공, 박제가, 유득공, 이서구 등과 같은 천재들이 활동할 수 있었던 것은 정조대왕의 리더십이 있었기 때문이었다.

1909년 10월 26일 안중근 의사는 원흉 이토 히로부미를 하얼빈역에서 처단하고 사형을 당했다. 이 의거에 대해 고종과 순종은 무분별한 조선인에 의한 폭거라고 탄식했다고 일본 기록은 전한다. 일본 측 기록이기 때문에 설마 그랬으랴 의문은 가지만 만약 사실이라면 참으로 부끄러운 일이다. 조선은 1910년 8월 29일에 나라를 일본에 헌납했다. 훌륭한 리더를 갖지 못한 국가는 불행하다.

*

역사적으로 어떤 위인이든지 살아서 업적을 남기는 것으로 역할을 마치는 게 아니다. 죽은 후에도 이들은 후세 사람들의 귀감, 동일시 대상으로 영원한 삶을 산다. 이들을 모방하고 따라 하려는 데서 공동체의 결집력도 생겨난다. 어느 시대든지 신화는 필요한 법이다. 신화를 통한 통합의 힘이 그 집단의 잠재력이고 가능성이다.

지금도 독일에서는 사회적 어젠다가 제기되거나 국가적 위기에 봉착하면 국민 스스로 던지는 질문이 있다고 한다. "비스마르크라면 이 상황에서 어떻게 했을까?" 루즈벨트 대통령도 재임 중 어떤 어려운 문제에 처하면 언제나 집무실 벽에 걸려 있는 링컨의 초상화를 보면서 '링컨이라면 이 문제를 어떻게 처리할까'라고 생각하는 것이 습관이었다고 한다. 바로 이런 것이다. 어떤 나라든지 영웅을 만들고 높이고 기리는 이유가 여기에 있다. 영웅을 많이 가지고 있는 나라일수록 국민들은 건강하다.

우리를 돌아보자. 로마제국 쇠망사에서 기번은 로마의 쇠퇴 이유로 희생, 관용, 솔선수범 같은 로마 정신의 상실과 지도층의 타락에 초점을 맞추고 있다. 기번에 의하면 지도층이 타락하면 나라는 쇠퇴한다.

지금 우리나라 지도자들은 건전한가? 국제투명성기구가 매년 발표하는 국가별 부패지수에 따르면 한국 부패지수는 1999년 5.8에서 2008년 5.6, 2011년 5.4로 점차 악화되고 있다. OECD 국가 부패지수 평균이 7.0인 데 비하면 부끄러운 수준이다. 부패지수 평균인 7.0에 도달하려면 우리나라 부패지수를 23%가량 개선해야 한다. 이를 공식에 대입하면 경제성장률을 0.65%포인트 높일 수 있다고 한다.

그러면 부패지수를 악화시키는 주범은 누구인가? 가진 것 없는 서민들은 부패하고 싶어도 부패할 거리가 없다. 가진 자들, 사회 지도층이라고 하는 계층이 부패지수를 높이고 사회 정의를 좀먹는 존재들이다. 우리는 각종 청문회를 통해 그 모습을 똑똑히 보고 있다. 어느 정권을 막론하고 고위직의 임명 대상자가 인사 청문회에서 깨끗한 모습으로 당당하게 자신을 내보이는 모습을 보지 못했다. 인사 청문회의 단골 메뉴는 위장전입, 논문 표절, 병역 면제, 부동산 투기, 탈세 등 다섯 가지이다. 교육에서 특권을 없애자고 부르짖는 인사들은 너도나도 자녀들을 자사고 특목고에 보냈다. 기업가들도 마찬가지이다. 우리나라 대기업 총수들은 모두 범죄자인 것 같다.

모 언론에서 한국 사회 리더들의 행태에 대한 진단 결과로 '공감 생산력 실종, 쟁투의 DNA, 작렬하는 치열성, 치명적 자만(自慢)과 오만(傲慢), 진영 군히기, 천민성 지배' 등 여섯 가지 특성을 제시한 것을 본 적이 있다. 그중 천민성 관련 부분을 열어보면, 천민적 언어를 사용하거나, 아랫사람들을 오직 주종 관계로 대하며, 시위 문화에서 보듯 법을 무시하고, 어떤 잘못도 남의 탓이며, 배려와 양

보는 상대방의 미덕일 뿐이다. 거짓말을 하든, 불법을 저지르든, 약속을 뒤집든, 나라꼴이 어떻게 되든 나만 살아남으면 되는 것이다.

조선시대의 역사는 정권투쟁의 역사요, 피의 역사라고 해도 과언이 아니다. 한편에서 권력을 잡으면 일단 다른 편 사람들을 제거하는 것으로 권력을 행사하기 시작한다. 왕권을 강화하기 위해, 정권을 잡기 위해, 잡은 정권을 끝없이 유지하기 위해 수없이 많은 인재들을 희생시켰다. 세조에 의해 목숨을 잃은 사육신이 그 한 예이다. 사육신은 집현전에 속해 있던 당대 최고의 학자들이었다.

그런데 우리의 현대사를 살펴보아도 상황은 다르지 않아 보인다. 대통령이 바뀔 때마다 소위 적폐청산이라는 이름으로 지도자의 위치에 있는 사람들은 모두 물갈이가 이루어진다. 그 과정에서 전직 대통령이 자살을 하고 감옥에 간다. 그러니 그 아래에 있던 사람들은 말할 것도 없다. 한국의 사람 바꾸기를 보면서 외국에서는 한국이 비로소 정상적인 상태로 돌아왔다고 비꼰다고 한다. 한국에서의 정권 교체는 항상 피비린내 나는 사람갈이였다는 것이다. 그게 한국에서는 정상이라는 것이다.

*

황희 정승의 일화이다. 황희 정승은 젊은 김종서를 몹시 챙겼다. 김종서가 의자에 앉아 있는 자세가 바르지 못하면 심부름을 하는 사람에게 일렀다. 저 의자가 삐딱하니 의자를 바꿔드리도록 하라. 곁에 있던 사람이 물었다. 정승께서는 김종서를 총애하시니 어떤 사유라도 있으신지요? 황희 정승이 대답했다. 김종서는 앞으로 크게 될 인물이다. 그런 사람에게는 티끌만 한 흠결도 없어야 한다.

미국에서도 장차 리더로서의 싹이 보이는 아이에게는 어려서부터 추호의 실수도 없도록 철저하게 보살피고, 그 자신도 작은 잘못도 범하지 않도록 각별한 노력을 기울인다고 한다. 뿐만 아니라 이들에게는 정직, 정의, 절제, 용기, 희생, 관용 같은 지도자의 자질을 기르기 위한 교육의 과정이 부여된다. 미국에도 인사청문회 제도가 있는데, 일반인들보다 훨씬 엄격한 도덕적 기준을 적용한다. 현미경으로 들여다보듯 검증을 하기 때문에 통과하기가 쉽지 않다고 한다.

사람을 아끼고 사람을 귀하게 여기는 풍토를 만들어야 한다. 키루스 대왕의 말대로 국가라는 건물은 벽돌로 만들어지는 게 아니라 사람으로 만들어진다. 국가만이 아니다. 국가를 구성하는 여러 직능별 조직도 그 조직을 구성하고 있는 인적 요소들의 화합과 결집력에 의해 역동성과 창조력이 결정된다. 그래서 국가든 조직이든 구성원들의 화합과 결집을 이끌어낼 수 있는 지도자가 있어야 한다.

우리가 지금 세종대왕을, 충무공을, 정조대왕을 모셔올 수는 없는 일이다. 그런 리더들에 대한 목마름이 어느 때보다 간절한 지금이지만 어쩔 수 없는 일이다. 이제부터라도 그런 지도자가 여기저기에서 무럭무럭 자라나도록 풍토를 만들어야 한다. 그 출발점은 훌륭한 리더가 태어나 자랄 수 있도록 토양을 만들고 씨앗을 뿌리는 일이다. 청렴한 정신, 근검 노력, 희생과 봉사, 관용 정신의 덕목들이 보편화되어 있는 투명사회를 만들어 그 공간을 우리 아이들의 성장 기반으로 제공해야 한다. 조금도 미룰 수가 없는, 한시가 급한 일이다.

제3부

# 가슴이 따뜻해지는 법

한국화, 김도윤, 〈내면의 미〉

# 아버지의 눈물

아버지의 눈물을 본 것은 입원해 계신 병상에서가 처음이자 마지막이었다. 아버지는 대장암 수술을 받은 상태였는데, 그만 장 유착으로 가스가 나오지 않아 수술 일주일 만에 재수술을 받아야 했다. 아버지는 코, 입, 배에 일곱 개인지 여덟 개인지 호스를 매달고 있었고, 담당 의사는 이 병원에서 가장 위중한 환자가 아버지라고 했다. 아버지는 1905년생으로 당시 일흔여덟이셨다. 재수술을 받고 마취에서 깨어난 아버지는 병상 둘레에 둘러앉은 우리 자식들에게 당신의 몸에 박힌 호스들을 가리키며, "가자 애. 이거 다 빼고 집으로 가자." 하셨다.

재수술 후 며칠 지나 비로소 배 속의 가스가 배출되었고, 또 며칠을 기다려 미음을 잡수시게 되었다. 그제야 우리 자식들은 충남 연기군(지금은 세종특별자치시)에 있는 집에서 그런저런 소식을 들으며 걱정만 하고 계시던 어머니를 병원으로 모시고 왔다. 병실 문을 지나 아버지에게 다가가시는 어머니의 표정은 안타깝고 안쓰럽고 미안하고 가슴 아픈, 그런 모든 감정을 모아놓은 표정이었다. 그런 어머니께서 아버지의 손을 잡으시자 아버지 눈에 눈물이 비쳤다. 아버지는 생전 처음으로 함께 있던 자식들에게 눈물을 보이셨다.

옛날에는 철든 이후에 남자가 눈물을 보이는 것은 금기였다. 지금이야 성차별이라 하겠지만 내가 어렸을 때에는 남자아이가 울면 '남자는 울면 못써요.' 혹은 '사내자식이 울다니 어디 써먹겠나' 하는 핀잔 아닌 핀잔을 듣기도 했다. 남자는 평생 세 번 우는 거라고도 했다. 한 번은 태어날 때, 두 번은 부모님 돌아가셨을 때이다. 어른 남자가 운다는 것은 보통 일이 아니었고, 보통 일에 운다면 흉이 잡혔다.

이규태 선생의 『한국인의 의식구조』에 보면 다음과 같은 이야기가 나온다.

"옛 선비들은 말에 의한 의사전달 회로 말고도 손짓, 눈매, 몸짓, 웃음 표정 등 그밖의 회로(喜怒)도 목석화(木石化)해야만 했다. 특히 감정의 직접적인 표현은 부덕시(不德視)했다. 이를테면 무척 가난하게 살다 죽은 아내의 부음(訃音)을 듣고 눈물이 고였다는 단지 그만한 감정 표현만으로 선비 사회에서 결점이 되어 벼슬하는 데 지장을 받는 사례는 허다했다."

아버지도 그러한 문화적 전통에서 자유로울 수 없는 시대의 인물이었고, 우리 남매들은 아버지의 눈물은 상상도 못하면서 성장을 했다. 그런데 가까스로 위험을 넘긴 병상에서 어머니를 보고는 아버지가 눈물을 보인 것이었다.

"이거 다 빼 버리고 집으로 가자." 한 것은 당신도 고생 그만 하고, 자식들 날고생도 그만 시키고, 이제 죽을 자리로 가자는 말씀이었겠다. 집에서 걱정하며 당신을 기다리고 있는 아내 생각도 했을 것이다. 당신 아내의 손이 죽은 당신의 눈을 쓸어 덮어주는 상상도 했을는지 모른다. 이제 집에 돌아가서 며칠 편히 누워 있다가 마나님 앞에서 눈을 감으면 되는 것이었다.

아버지가 스물둘이었을 때 열여섯의 어머니가 시집을 왔다. 당시까지 햇수로 56년을 함께 살았다. 가난했던 집안을 일으켜 세우고, 7남매 낳아 가르치고 짝을 맺어주었다. 게다가 아버지는 5남매의 맏이였다. 큰집 며느리였던 어머니는 집안 대소사를 모두 챙겨야 했다. 그 세월을 함께 견뎌낸 당신의 아내가 고맙고 안쓰러웠을 것이다. 죽음의 터널을 벗어나 병세가 좋아지고 희망이 돌아왔을 때, 아버지가 아내에게 보여주고 싶은 당신의 전체가 눈물이 아니었나 싶다.

김현승 시인은 "아버지의 술잔에는 눈물이 반"이라고 했다. 김병훈 시인은 아버지를 "소주 한 병만 있어도/세상에서 가장 슬픈 시를 쓰는 시인/담배 한 갑만 있어도/세상에서 가장 슬픈 그림을 그리는 화가"라고 읊었다. 박목월 시인은 시 「가정」에서 아버지의 독백을 다음과 같이 전해준다.

아랫목에 모인

아홉 마리 강아지야.

강아지 같은 것들아.

굴욕과 굶주림의 추운 길을 걸어

내가 왔다.

아버지가 왔다.

아니 십구문반(十九文半)의 신발이 왔다.

아니 지상에는

아버지라는 어설픈 것이

존재한다.


나는 지금 어떻게 살고 있는가? 나는 내 아내를 얼마나 사랑하는
가? 나는 아내의 사랑을 얼마나 느끼고 있는가? 나는 아내의 사랑
을 눈물로 느끼고 있는가?

남자는 세 번 울어야 한다는데 아버지는 네 번 우셨다. 그러나 네
번째는 눈물이 아니었다. 함께 고생하고 늙은 조강지처(糟糠之妻)에
대한 사랑이었다. 아버지는 자식들에게 눈물로 사랑을 가르치셨다.

# 공감(共感), 너무나 인간적인

　노학자 김형석 옹이 어느 TV 프로그램에 초대받아 청중을 앞에 놓고 말씀을 하시는 중이었다. 두 달 후면 아흔일곱이 되시는 옹은 목소리의 기복 없이, 아직은 힘이 느껴지는 목소리로 차근차근 말했다. 목소리에서도 달관이 느껴진다고 할까, 지혜와 통찰이 여기저기에 담겨 있는 말들은 그렇게 가슴에 와닿았다.

　"50세 무렵부터 100세를 준비해야 합니다. 60세부터 75세까지가 가장 생산적이고 창조적인 삶을 살 수 있는 시기라고 생각하는데, 공부하고 일하면서 성장을 계속한다면 80세 이후 언제까지라도 창조적인 삶을 살 수가 있습니다."

　주로 50대 여성들로 이루어진 청중들은 숙연한 표정으로 노학자의 말을 경청하면서 고개를 끄덕이곤 했다.

　"아들딸에게 100만 원을 준다면 그건 내가 좋으니까 주거든요. 그러다가 그 애들한테서 용돈을 10만 원이라도 받으면 그게 그리도 고마울 수가 없어요. 자녀에게 준 사랑을 돌려받으려 하기보다는 그 사랑을 그 애들의 자녀들에게 베풀라고 해요. 그게 내리사랑이고 이치가 아닌가 해요."

노학자는 뇌출혈로 쓰러져 말 한마디 못하고 누워 지내고 있는 아내의 병간호를 20년간이나 했다고 했다. 친구들은 "나는 4~5년도 못할 거 같은데 20년씩이나 병간호를 했다고?" 하고 놀라지만 아내를 간호할 수 있었던 힘은 아내와 오랜 시간을 함께한 인간애에서 나온 것이라 했다. 그러면서 아내만이 아니라 주변 사람이 아프고 힘들 때 돕는 것이 노년이 가진 인간애가 아니겠냐고 말했다.

아내와 사별한 지 10년이 넘었는데, 여자보다는 남자 쪽에서 먼저 세상을 떠나는 게 좋은 거라고도 했다. 남편이 혼자 남아서 늙어 가면 어디에도 쓸데가 없다고 해서 모두들 웃었다. 여자는 아들네 딸네 갈 데도 있고, 손주를 봐달라고 하기도 하지만 남자는 오라는 데가 한 군데도 없다는 것이다.

"친구가 91세에 타계를 해서 문상을 갔어요. 노부인께 얼마나 허전하시겠냐고 위로를 했지요. 노부인 말씀이 내가 먼저 죽고 남편 혼자 남겨질까 봐 늘 마음이 쓰였는데 내가 남아 그래도 위로가 된다고, 남편을 먼저 편히 보낼 수 있어 다행이라고 안심한 듯 얘기하는 것이었어요."

그러면서 친구였던 안병욱 선생과 김태길 선생 얘기를 했다. 안병욱 선생께서 전화를 했단다. 우리 셋이서는 그동안 일만 하고 우리끼리 즐거움은 없었는데, 1년에 네 번 정도, 춘하추동에 한 번씩 만나 차도 마시고 오붓한 시간을 가지면 어떻겠느냐는 제안이었다. 그 얘기를 김태길 선생에게 전하자, "그렇게 가깝게 지내다가 누구 하나라도 먼저 가면 남은 사람은 어떻게 하라고? 마지막 남는 사람을 생각해 봐. 우리 안부나 하면서 그냥 이대로 지내자고. 그러다가 누구 하나 먼저 가면, 일 많이 하고서 먼저 갔구나 하면서 위로나 하자고." 했다. 그래서 안병욱 교수의 제안은 없던 일로 되었단다.

"친구들이 다 가고 나니까 세상이 온통 빈 거 같았어요. 무척 힘들었어요. 그러다가 한 이태 지나니까 이제 어쩌겠나, 먼저 간 친구들 못 다한 마무리 내가 하면 되지 하며 내려놓게 되더라고요." 그래서 그 친구들 몫까지 바쁘게 살려고 노력한다고 했다.

노학자는 죽음에 대해서도 초연했다. 첫째로 내 신체적 죽음을 운명으로 받아들이는 것, 살아온 날들을 아름답게 정리하고 편안하게 삶을 마무리하는 것이 바람직한 죽음이라는 것이었다. 둘째로 죽음과 함께 나의 인생과 삶의 가치가 모두 없어지는 것이 아니다. 따라서 사회에 모범을 보여 삶의 의미를 남기도록 노력해야 한다. 한 알의 밀알이 썩어야 많은 열매를 맺는다, 이기적인 사람은 썩지 않으려고 해서 사라지고 만다. 때가 와서 썩을 줄 아는 사람이면 족한 것 아니겠느냐는 것이었다.

"자식, 손주들과 식당에 가서 식사를 하고 나올 때면 주방 쪽으로 가서 서비스를 해준 분들께 고마웠다고, 덕분에 잘 먹었다고 인사를 하고 나옵니다. 손주들이 그걸 보고 '할아버지는 저렇게 인사를 하시네. 꼭 고맙다고 하시네.' 할 거 아니겠어요?"

이처럼 삶의 의미와 가치를 나누는 일은 대학자나 예술가나 정치가만 하는 것이 아니라고, 말과 행동에서 모범을 보여 삶의 의미를 남기는 것은 누구나 할 수 있는 일이라고, 그것이 행복한 100년을 사는 길이 아니겠느냐고 했다. "세상을 떠날 때, '나는 참 행복했습니다. 여러분도 행복하세요.' 하며 떠나고자 합니다." 이것이 노학자의 마무리 말씀이었다.

*

청중들 중에 부인 한 분이 노학자가 말하는 중간중간에 눈물을 훔치는 모습이 보였다. 아직 아름다움을 잃지 않은 중년이었다. 다른 청중들도 대부분 여성이었고, 노학자의 말에 몰두하면서 때로 가슴 뭉클한 이야기에 숙연해지기도 하고, 때로 웃음소리로 강사님께 응원을 보내기도 했지만 유독 그녀가 노학자의 말에 눈물을 보이곤 하는 것이었다.

왜 그랬을까? 노학자의 말에 공감하는 부분이 더 많고 공감의 정도도 더 깊기 때문이었을 것이다. 근자에 부모님을 여의었을지도 모른다. 노학자의 말을 들으면서 부모님의 마음을 더 잘 헤아리지 못했음을 아쉬워하고 있는지도 모른다.

혹은 친지 중의 누군가를 잃은 슬픔을 지니고 있는지도 모른다. 노학자만큼 훌륭하고 존경받는 분이었을 것이다. 살아 있다면 저분같이 학처럼 늙어갔을 텐데, 하는 생각을 하고 있는지도 모른다.

남들보다 더 여린 심성의 소유자인지도 모른다. 20년간 누워 지내는 부인을 돌본 남편의 지순한 사랑이 그녀의 가느다란 심금을 울렸을 것이다. 친구들을 먼저 저세상으로 떠나보내고 홀로 남은 노학자의 적막감이 자신의 가슴에 전해져왔는지도 모른다.

그런데 가만가만 눈물을 훔치는 그녀의 모습이 노학자의 말을 더욱 감동적인 것으로 만드는 것이었다. 조용조용 삶에 대한 이야기를 풀어가는 노학자와 그 말을 경청하며 고개를 숙이고 손수건으로 눈물을 찍어내는 아름다운 여인. 둘을 연결하고 있는 공감의 가닥들이 그 광경을 보고 있는 사람에게도 뭉클한 감동을 주는 것이었다.

그렇게 사람들은 공감의 영역에서 연결이 되고, 그 연결이 감동을 만들고, 그 감동은 삶에 섞인 티끌을 씻어 경결(耿潔)하게 만드는 것이다.

*

늪에 빠져 위태로운 아기 코뿔소를 코끼리가 구해내기 위해 애쓰는 영상을 본 일이 있다. 아기 코뿔소는 맨땅인지 늪인지도 모르고 천방지축 뛰놀다가 그만 늪에 빠졌을 것이다. 지나가던 코끼리의 눈에 그 상황이 들어오자 코끼리의 뇌에서 즉시 공감의 코드가 작동, 다급한 아기 코뿔소의 마음을 느낀 코끼리가 구출 작전에 나서게 된 것이었다. 공감의 코드를 작동하게 한 것은 코끼리의 뇌에 있는 거울 뉴런이다.

거울 뉴런은 상대방의 느낌과 감정을 자신도 똑같이 느끼도록 해주는 뇌 속의 신경세포, 또는 신경체계이다. 우는 사람을 보면 나도 슬퍼지고 웃는 사람을 보면 나도 즐거워지는 것, 다른 사람의 몸 위로 거미나 뱀이 지나가는 것을 보면서 자신도 몸서리치며 떨어 내는 동작을 하게 되는 것은 뇌 속에 거울 뉴런을 가지고 있기 때문이다. 이러한 거울 뉴런은 앞에서처럼 코끼리에게서도 발견되고 원숭이와 같은 일부 포유류에게서도 발견된다고 한다.

제레미 리프킨은『공감의 시대』에서, 다니엘 핑크는『새로운 미래가 온다』에서 공감 능력은 앞으로 인류가 더욱 다듬고 발전시키고 활용해야 할 심리적 기제라고 강조하고 있다. 다른 사람의 고통을 나의 고통으로 느끼고 다른 사람의 욕망과 좌절을 공유하면서 인류는 문명을 이루고 역사를 만들어 왔다. 어떤 분야에서든 혁명이 가능한 것도 인간에게 공감 능력이 있어 연대(連帶)를 이룰 수 있기 때문이다. 특히 예술은 인간에게 공감 능력이 없다면 존재할 수 없는 분야이다. 윤동주의 시에 이중섭의 그림에 베토벤의 교향곡에 감동하는 것은 일차적으로 그 예술들에 내재해 있는 아름답고 순수하고 고귀한 정서에 공감하기 때문이다. 연극에서도 연기자가 희곡의 등장인물에 공감하지 못하면 연기 자체가 불가능하다. 과학의 시대, 기술의 시대가 심화될수록 인간적인, 너무나 인간적인 능력인 공감 능력은 더욱 예민하고 풍부해져야 한다.

\*

금년 여름엔 무더위와 가뭄이 심각하기가 이를 데 없다. 에어컨 선풍기 없이 견뎌야 하는 분들의 고통이 전해져온다. 사람만이 아니다. 계곡엔 물이 말라붙었고, 물가에서 잘 자라는 국수나무들도 여기저기 타 죽어가고 있다. 섭씨 40도의 열기를 견디며 숲의 나무들도 잎이 처졌다. 지구 전체가 열 덩어리라고 한다. 이렇게 위기에 처한 생태계의 아픔까지 느낄 수 있다면 우리의 창백한 푸른 점, 인간이 행복을 추구할 수 있는 유일한 공간인 지구도 더 건강하게 가꿀 수 있을 것이다.

어떤 채소들은 함께 심으면 더 잘 자라고 병충해에도 강해진다고 한다. 사람도 그렇다. 공감이 겹칠수록 인간은 순수해지고, 건강하고 행복해지는 것이다.

# 시간을 허비한 죄

영화 〈빠삐용〉은 프랑스의 작가인 앙리 샤리에르의 자전적 소설 『빠삐용』을 각색한 작품으로, 개성파 배우 스티브 맥퀸과 더스틴 호프만이 주연을 맡고, 프랭클린 J. 샤프너가 감독을 한 영화이다. 골든 글로브 남우주연상 후보로도 올랐던 작품으로 지금도 TV의 명화 극장에 가끔씩 등장하곤 한다. 빠삐용(papillon)은 프랑스어로 나비라는 뜻인데, 주인공의 가슴에 나비 문신이 있어 별명이 빠삐용이 되었고, 이것이 그대로 소설과 영화의 제목으로 사용되었다.

빠삐용(스티브 맥퀸 분)은 금고털이범이다. 어느 날 그는 살인의 누명을 쓰고 남미의 프랑스령 프렌치 기아나의 형무소로 끌려가 수감이 된다. 이곳은 험한 바다로 둘러싸여 탈출이 불가능한, 인간 세상과 영원히 격리된 곳이다. 빠삐용은 줄곧 자신의 결백을 주장하지만 아무도 믿어주지 않는다. 탈옥을 두 번 시도하고, 그때마다 잡혀와서, 들어가는 사람은 대부분 죽어 나오는 독방형에 처해지는 등 위기를 겪는다.

이때 빠삐용이 굶어죽지 않도록 동료 드가(더스틴 호프만 분)가 음식을 몰래 넣어주다가 들통이 난다. 범인을 대라고 고문을 하지만 빠삐용은 끝까지 입을 열지 않는다. 그 장면에서 빠삐용은 "유혹은 참다운 인격의 척도다."라는 명대사(名臺詞)를 남기기도 한다.

두 번이나 탈출에 실패하고 고초를 겪었음에도 불구하고 빠삐용은 마지막까지 탈출을 시도한다. 머리는 하얗게 세고, 이빨은 다 빠지고, 고문의 흔적으로 다리까지 저는 상황에서도 빠삐용은 주변 바다의 조류를 관찰하여 탈출로를 발견하고는 야자열매를 담아 물에 뜨도록 만든 뗏목 가마니를 타고 결국 탈출에 성공한다. 자유를 향한 인간의 열망과 투쟁이 절절하게 그려진 명편이다.

그런데 작가는 극중에서 빠삐용이 정말 죄가 없는 것일까를 묻고, 이를 확대하여 우리 인간은 평소에 아무 죄도 짓지 않고 살고 있는가에 대한 질문을 던진다. 작가는 그 답을 다음과 같이 보여주고 있다.

어느 날 꿈속에서 빠삐용은 하느님과 마주앉는다. 빠삐용은 자신이 무죄임을 하느님께 호소한다. 그러나 하느님은 "넌 유죄야. 인생을, 시간을 허비한 것이 바로 네가 저지른 죄."라고 단정짓는다. 빠삐용은 이를 시인하지 않을 수 없고, 이를 보는 관객들도 시간을 허비한 죄를 지은 것은 아닌지 가슴이 뜨끔해진다.

지금은 타계한, 호서대 총장이었던 강석규 박사는 입지전적 인물이다. 1913년 충남 논산에서 태어난 그는 보통학교 졸업 후 농사일을 하다가 24세 때 독학으로 초등교사 자격을 획득하여 초등교사가 된다. 그러다가 34세 때 서울대 전기공학과에 입학하여 졸업한 다음에 군산여고 교사, 충남대와 명지대 교수, 대성중고등학교 교장을 역임한다. 1978년 9월 호서대를 설립하여 초대 총장을 지낸다. 퇴임한 후에도 세계도덕재무장 한국본부 총재를 지내는 등 활동하다가 2015년에 향년 102세의 나이로 타계했다.

그런데 그가 95세 되던 해에 「어느 95세 어른의 수기」라는 글을 남겼다. 그 글의 전문은 다음과 같다.

나는 젊었을 때 정말 열심히 일했습니다. 그 결과 나는 실력을 인정받았고 존경을 받았습니다. 그 덕에 65세 때 당당한 은퇴를 할 수 있었죠. 그런 내가 30년 후인 95살 생일 때, 얼마나 후회의 눈물을 흘렸는지 모릅니다. 내 65세의 생애는 자랑스럽고 떳떳했지만, 이후 30년의 삶은 부끄럽고 후회되고 비통한 삶이었습니다. 나는 퇴직 후 '이제 다 살았다. 남은 인생은 그냥 덤이다'라는 생각으로 그저 고통 없이 죽기만을 기다렸습니다. 덧없고 희망이 없는 삶…… 그런 삶을 무려 30년이나 살았습니다. 30년의 시간은 지금 내 나이 95세로 보면 삼분의 일에 해당하는 기나긴 시간입니다. 만약 내가 퇴직할 때, 앞으로 30년을 더 살 수 있다고 생각했더면, 난 정말 그렇게 살지 않았을 것입니다. 그때나 스스로가 늙었다고, 뭔가를 시작하기엔 늙었다고 생각했던 것이 큰 잘못이었습니다. 나는 지금 95살이지만 정신이 또렷합니다. 앞으로 10년, 20년을 더 살지 모릅니다. 이제 나는 하고 싶었던 어학공부를 시작하려 합니다. 그 이유는 단 한 가지. 10년 후 맞이할 105번째 생일날, 95살 때 아무것도 시작하지 않았는지 후회하지 않기 위해서입니다. (《헤럴드경제》 2015.9.2. 다음뉴스에서 전재)

65세 퇴임 후에도 선생은 아시아문화개발협력기구 이사장(1993), 국제기독교언어문화연구원 이사장(1997), 한국사립대학총장협의회 부회장(1998), 서울벤처정보대학원 총장(2003) 등 왕성한 활동을 계속해왔다. 그럼에도 불구하고 은퇴 이후 30년이 부끄럽고 후회되고 비통한 삶이었다고 한 것은 아마도 젊었을 때처럼 진지하고 역동적으로 삶을 불태우려는 노력을 하지 않았다는 뜻, 시간을 허비했다는 표현이지 싶다. 선생은 어학 공부를 시작한다고 했는데, 누구는 악기 연주일 수도 있고 누구는 독서일 수도 있고, 누구는 봉사일 수도 있겠다.

*

파블로 카잘스는 1876년 스페인 태생의 첼로 연주자로 역사상 가장 위대한 첼리스트요, 현대 첼로 연주의 아버지라 추앙을 받고 있는 음악가이다. 그는 주로 고국 스페인과 유럽을 무대로 활동하다가 1956년 어머니의 고국인 푸에르토리코로 이주하여 1973년에 타계할 때까지 그곳에서 첼로 연주를 하고 제자들을 지도했다.

카잘스가 93세 때인 1969년 어느 날, 한 신문기자가 찾아와 인터뷰를 요청했다. 카잘스는 그 나이에도 하루 세 시간씩 연습을 하고 있었다. 기자가 고령임에도 연습을 쉬지 않는 이유를 묻자 카잘스는 "지금도 제가 조금씩 발전하고 있다고 생각하기 때문입니다.(I believe I'm beginning to notice some improvement.)"라고 대답했다.

*

어떤 사람의 미래를 알고 싶으면 그 사람이 지금 무엇을 하고 있는가를 보라고 한다.

끊임없이 책을 읽고 실험하고 연구한다. 학회가 열릴 때마다 참석하여 논문을 발표한다. 외국의 전문 잡지를 정기구독하며 연구 동향을 살핀다. 그는 틀림없이 훌륭한 학자가 되어 큰 학문적 업적을 남길 것이다.

체력 훈련으로 땀범벅이 되고 다시 기술 훈련으로 몸이 녹초가 된다. 발바닥은 온통 물집 잡혔던 흔적투성이다. 그는 곧 올림픽 시상대의 가장 높은 곳에 오르게 될 것이다.

바이올린 활을 손에서 놓지 않는다. 하루 10시간 연습을 하면서도 부족하다고 생각한다. 파가니니의 난해한 연습곡은 익숙해질 때까지 천 번이라도 연습한다. 쉴 때에도 정경화와 안네 소피 무터의 바이올린 연주를 듣고 영감을 얻는다. 틀림없이 세계적인 바이올리니스트가 될 것이다.

이렇게 이야기하는 나는 어떠한가? 어제저녁에도 나는 스마트폰 가지고 놀다가 저녁 시간을 다 보내고 말았고, 그제도 TV 연속극을 보고 오락 프로그램에 빠져 낄낄대며 몇 시간을 보냈다. 이러다간 나도 틀림없이 잡혀가 감옥에 갇히게 될 것이다.

# 내 누님

올해로 연세가 일흔일곱이 된 누님은 지상파 TV 프로그램 중에서 발랄한 고등학생들이 나와 끼를 발휘하며 실력을 겨루는 〈도전 골든 벨〉을 제일 좋아한다. 그 프로그램이 방영될 때쯤 전화하면 "나 지금 골든 벨 본다, 얘" 하며 웃는다. 그런 누님은 색깔 중에서는 감색(紺色)을 제일 좋아한다. 젊어서 양장점을 운영한 적도 있어서 색깔 예쁜 옷감을 많이 다루었을 텐데 지금도 누님은 감색이 제일 좋단다.

군청색, 혹은 짙은 남색인 감색을 우리는 곤색이라고 불렀다. 일본말의 잔재다. 일본의 여자중고교 학생들의 교복이 감색 세일러복이었고, 일제강점기 때부터 그것을 들여와 우리나라의 여학생 교복도 같은 색깔에 같은 스타일이었기 때문에 일본말로 곤색인 그 감색 교복 색깔을 별생각 없이 곤색이라고 부른 듯하다. 여학생들의 교복인 감색 세일러복의 특색은 웃옷에 희고 넓은 옷깃을 달았다는 것이다. 감색과 흰색의 대비가 선명하여 그 교복은 청순한 느낌을 주기도 했다. 여름철에는 웃옷으로 흰색 블라우스를 입었다.

누님이 고등학생들이 출연하는 〈도전 골든 벨〉을 좋아하고, 여학생 교복 색깔이었던 감색을 좋아하는 데에는 다음과 같은 사연이 담겨 있다.

당시 시골에서(그때는 우리나라 대부분이 시골이었다) 여자가 중학교나 고등학교에 진학한다는 것은 소위 있는 집 딸에게나 가능한 행운이었다. 대부분 소녀들은 초등학교나 겨우 마치고 집에서 어머니를 도와 살림을 하다가 시집을 가거나, 더 가난한 집 딸이면 남의 집 식모살이를 가거나 했다. 1960년대 후반쯤부터는 무작정 서울로 올라와 봉제공장 직공이라도 되는 것이 그나마 출세하는 거였다. 소녀들의 꿈을 물으면 현모양처가 되는 것이라는 대답이 가장 많던 시절이었다.

누님 역시 상급학교에 진학하지 못했다. 초등학교 6년 동안 1등을 놓치지 않은 누님이었다. 중고교에 진학했다면 거기에서도 누님은 1등을 놓치지 않았을 것이다. 그만큼 누님은 남달리 총명했다. 지금도 누님과 한가하게 옛날 얘기를 하다 보면 어머니 회갑 잔치 때 함께 모였던 친척들이 누구누구였는지, 그들 중에도 가까운 친척은 생일날이 언제인지, 설날을 앞둔 대목 장날에 아버지가 새 신발을 사다 주신 때가 몇 살 때였는지, 자기 자식들은 물론 친정 막내 동생 핸드폰 번호가 무엇인지 정확하게 기억해서 우리를 놀라게 하곤 한다. 그런 누님이었던 만큼 상급학교 진학에 대한 열망이 누구보다 강했을 테지만 누님에게 그런 기회는 허락되지 않았다. 얼마나 세일러복이 입고 싶었을까? 그 한이 가슴에 남아서 학생들이 출연하는 TV 프로그램을 고대하고, 색깔 중에 감색을 제일 좋아하는 것이다.

누님은 초등학교를 졸업하고 몇 년간을 집에서 어머니 살림을 도우며 지내다가 다행히 인근 읍 소재지에 있는 양재학원에 다니면서 재단 기술(지금 말로는 의상 디자인)을 배울 수 있었다. 당시에 사람들은 남녀를 불문하고 대개 한복 바지 저고리, 치마 저고리를 입고 다니던 때라 원피스니 투피스니 하는 양장 옷을 멋지게 뽑아내는 양재 기술은 여자들에게 인기 있는 기술이었다. 학원을 마친 후 대처의 양장점 직공으로 여러 해 일하다가 결혼 후 작은 읍에 양장점을 열고 정착을 했다.

양장점을 운영할 때에도 누님의 가게는 인기가 높았다. 양장점은 대개 포목점이 모여 있는 시장 인근에, 사람들의 눈에 잘 띄는, 근처에서는 번화하다고 할 만한 곳에 있기 마련이었다. 인심 좋던 시절이었기 때문에 동네 사람들이 스스럼없이 드나들기도 하고, 어떤 아주머니는 옷값 대신 깨를 한 말 이고 오기도 하고, 누님네 양장점에서 자식에게 옷이라도 한 벌 지어 입혀 안면이 있는 시골 아낙들도 장이 서는 날 읍내에 나오면 양장점에 들러서 한참을 시시콜콜 사는 이야기를 풀어놓기도 했다.

유머 감각이 풍부한 누님 때문에 양장점 안은 늘 웃음이 넘쳐났고, 그 때문에 사람들이 더 꾀어들었다. 고향에서 살 때도 겨울밤 아버지 어머니가 방 윗목의 가마니틀에 매달려 가마니를 짤 때, 아랫목에서는 남매들이 모여 가마니 짜는 데 쓰일 새끼를 꼬았는데,

이때도 깔깔대는 웃음소리가 끊이지 않아, 밤이 늦었는데도 이웃집 아주머니가 나도 웃어보자고 마을을 오곤 했었다.

양장점 운영이 잘 돼서 돈을 모은 누님과 매형은 양장점 일을 접고 시골에 있는 시댁으로 들어와, 모은 돈으로 논 스무 마지기를 사서(그 마을 사람들이 얼마나 부러워했는지!) 농사를 지으면서 시부모님 모시고 삼 남매 낳아 길러가며 오순도순 살아왔다. 삼 남매는 이제 중년이 되어 여기저기에서 제 역할들을 하고 있다.

그렇게 누님은 흙 속에 묻힌 진주인 채로 살아왔다. 늘 주변을 밝게 밝히는 등불 노릇을 하면서. 농사꾼 딸답게 인정 많고, 남의 딱한 처지를 측은히 여길 줄 알고, 남보다 뒤에 서는 걸 마다하지 않고, 염치를 지키면서 살아왔다.

이제 꼬부랑 할머니가 다 되어가는 누님을 볼 때면 때론 아쉬운 생각이 들기도 한다. 요즘처럼 누구나 뜻이 있고 능력만 있으면 맘껏 공부할 수 있는 세상에서 태어났다면 하는 아쉬움이다. 그랬다면 누님은 남들에게 더 많은 기쁨을 주는 사람, 세상에 더 큰 자취를 남긴 인물이 되어 있을 것이다. 이야기를 좋아하고, 남들의 처지에 공감하기를 잘했던 누님은 인기 있는 소설가, 드라마 작가로 이름을 날리고 있을는지도 모른다.

누님 때문에 나도 〈도전 골든 벨〉 프로를 자주 보고, 색깔 중에서는 감색을 제일 좋아한다. 내 양복 색깔은 대부분 감색이다.

# 시간을 사다

책을 사는 것은 책 읽는 시간을 사는 것이다.

언젠가 '독서는 아름다운 것이고, 그 아름다움은 내면성의 아름다움이며, 내면의 고독한 공간에서 피어오르는 아득한 아름다움에 취하기 위해 우리는 책을 펴든다'는 내용의 글을 쓴 일이 있다. 아득한 아름다움에 취하는 시간, 책을 읽는 그 시간은 행복한 시간이다. 책을 사는 것은 책 읽는 시간을 사는 것이고 행복을 사는 일이다.

차(茶)를 사는 일도 행복을 사는 일일까? 차를 사는 것도 차를 마시는 시간을 사는 일이다. 차는 대개 누군가와 함께 마신다. 함께 차를 마시는 사람이라면 친구나 연인이 제격일 것이다. 마음 놓고 이야기할 수 있는 나만의 공간에서 곱디고운 사람과 함께 마신다면 더욱 좋을 것이다. 선한 에너지를 나눌 수 있는 사람과 나의 소중한 공간에서 함께 시간을 보낼 수 있게 만든다는 것이 차를 사는 행위에 담긴 약속이다. 차를 사는 일도 차를 마시는 시간을 사는 것이고 행복을 사는 일이다.

우리 평범한 사람들이 어떻게 하면 행복할 수 있을까를 연구하고 우리에게 그 평범한 묘방(妙方)을 알려주는 고마운 일을 하고 있는 사람이 서울대 심리학과의 최인철 교수이다. 그의 행복론의 핵심은 '행복은 특별하지 않다'는 것이다. 행복은 시간 관리, 돈 관리, 사람 관리, 공간 관리를 어떻게 하느냐에 달려 있다.

최인철 교수의 말은 이렇다. '천천히 사는 것이 행복이다. 순간은 대부분 사라진다. 보석 같은 시간을 잡아놓자(예를 들면 글쓰기).' '돈은 소유가 아니라 경험에 투자하라. 경험은 이야기를 만들고 이야기는 사람을 행복하게 한다(예를 들면 여행과 독서).' '행복하려면 행복한 사람에게 가라. 선한 에너지, 좋은 에너지를 우리에게 주는 사람들과 보내는 시간을 늘려라(가족, 친구, 연인 등).' '마음 맞는 사람끼리 모여 마음 놓고 수다를 떨 수 있는 아지트를 만들어라.' 등등 따라 하기가 그리 어렵지 않게 생각되는, 나도 곧 그렇게 살 것 같은 느낌이 드는, 꼭 그렇게 살고 싶도록 만드는 말들이다.

시간, 돈, 사람, 공간은 우리의 일상을 채우는 질료들이다. 일상에서 이루어지는 행복이 그가 강조하는 행복이다. 요즘 유행하는 소확행(작지만 소중한 행복)도 최인철 교수님의 행복론의 범위를 벗어나지 않는다.

어찌 보면 우리는 행복에 파묻혀 지내고 있으면서도 그걸 깨닫지 못하는지도 모른다. 공기에 파묻혀 있으면서도 그걸 모르는 것처럼. 행복은 특별하지 않다. 책 읽을 시간을 사고 고운 사람과 이

야기 나누는 시간을 사는 것, 이런 것이 행복이다. 일상의 행복, 일
상에 의한, 일상을 위한 행복이 진짜 행복이다.

# 촛불에 대하여

　내가 어렸을 때인 1950~60년대는 촛불이 나라님이나 고을 원님의 것이었지, 서민들의 것은 아니었다. 그만큼 귀한 대접을 받는, 아무 때 아무 데서나 켤 수 있는 흔한 것이 아니었다. 아직 전기가 들어오기 전이었으므로 전등은 에디슨의 전기(傳記) 속에나 들어 있는 문명(文明)일 뿐, 야간 조명의 대표는 등잔과 등이었다. 등잔과 등에 석유를 담아놓고, 솜으로 심지를 만들어 꼭지에 끼운 다음 석유에 담그면 석유가 심지를 타고 배어 올라온다. 등잔 꼭지까지 석유가 배면 거기에 불을 붙여 방을 밝혔다. 방에는 등잔을 등잔대에 얹어 방을 밝혔고, 마루에는 바람이 불어도 꺼지지 않도록 유리로 등피(燈皮)를 한 등을 걸었다. 안방 등잔불 아래에서는 어머니가 바느질을 하거나 다듬이질을 했고, 사랑방 등잔불 아래에서는 아버지가 새끼를 꼬거나 자리를 엮었다. 밤에 마을을 갈 때는 등불로 발밑을 비췄다.

심지꼭지가 등불보다 서너 배는 커서 밝기가 등불보다 대여섯 배는 더 밝은 남포등도 있었지만, 석유가 많이 소모되어 무슨 특별한 날에 마당을 넓게 밝혀야 한다든지 하는 때에만 사용했다. 보통의 집에서는 마당 밝힐 일도 별로 없었으므로 남포등은 사치품일 뿐이었다. 야간 조명은 방에는 등잔, 마루에는 등불, 밤길 갈 때도 등불로 표준화되어 있었다.

일반 가정에서도 촛불을 쓰는 때가 있었다. 바로 조상님 제삿날이다. 제사상의 양편 먼 쪽 모서리에 하나씩, 두 개의 촛불이 상을 밝혔다. 촛불은 조상을 모시는 귀한 불이었다. 양초를 보관하는 상자도 따로 있었는데, 이 상자에는 지방과 축문을 쓸 때 사용하는 붓과 먹과 벼루, 그리고 향도 함께 들어 있었다. 제사 지내는 동안만 잠시 밝히는 불이었기 때문에 양초는 그만큼씩만 닳아서 조금씩 짧아진 상태로 상자에서 나오고 들어가기를 되풀이했다. 그만큼 귀한 대접을 받는 물건이었다.

나이가 60대 후반에 이른 지금에 와서는, 그리고 휘황한 조명이 밤을 낮으로 만들고 있는 시대에 이르러서는 촛불이 사치품이고 의례용으로 쓰인 귀한 물품이었다는 사실은 별 의미가 없어져 버렸다. 대신 등불이든 촛불이든 등잔불이든 어려서의 추억을 구성하는 소중한 소재들로 간직되어 있다. 어찌 그때로 다시 돌아갈 수 있으랴!

이제 촛불은 기도할 때 밝히는 기원의 빛이기도 하고, 사랑하는 두 사람이 오붓한 밤을 보내기 위해 머리맡에 밝혀두는 사랑의 빛이기도 하다. 시인 김동명에게 촛불은 그대를 향한 간절한 사랑이었다. 그대의 비단 옷자락에 떨며 최후의 한 방울도 남김없이 타오르는 사랑의 불꽃이었다. 신석정의 시 「아직 촛불을 켤 때가 아닙니다」에서는 해 저물녘의 전원의 낭만이 시간으로 흐르는 가운데, 그 분위기를 이어갈 대상물로 촛불이 제시되어 있다. 조지훈의 「승무」에서는 촛불이 춤을 통한 번뇌에서의 해탈과 결합되어 있다. 촛불은 한마디로 소망이었고 사랑이었고 낭만이었고 경건함이었다.

촛불이 종교적 선(善)을 상징하는 양상은 빅토르 위고의 『레 미제라블』에서 만날 수 있다. 비앙브뉘 주교의 은촛대가 바로 그것이다. 장 발장은 비앙브뉘 주교의 공관에서 은 식기(銀食器)를 훔쳐 달아난다. 거지꼴의 장 발장이 귀중품 은 식기를 가지고 있는 것을 수상히 여긴 헌병은 장 발장을 주교관으로 끌고 온다. 주교에게서 받은 것이라고 거짓말을 했던 것이다. 이를 눈치챈 비앙브뉘 주교는 장 발장에게 은촛대를 내밀면서 이렇게 말한다. "아! 당신이었구려! 당신을 보니 기쁩니다. 그런데 어찌된 일이오? 나는 당신에게 촛대도 드렸는데, 그것도 다른 것과 마찬가지로 은이니 200프랑은 능히 받을 수 있을 거요. 어째서 그것도 식기들과 함께 가져가지 않았소?" 헌병이 떠나자 주교는 장 발장에게 말한다. "나는 당신의 영혼을 위해 값을 치렀소. 나는 당신의 영혼을 암담한 생각과 영벌(永罰)의 정신에서 끌어내 천주께 바친 거요." 그러고는 이 은을 정직한 사람에게 쓰겠다고 내게 약속한 일을 잊지 말라고 당부를 한다.

장 발장은 이 은촛대를 죽을 때까지 지니고 다닌다. 그에게 은촛대는 다시 찾은 영혼, 천주에 의탁한 영혼이었다. 장 발장이 행하는 모든 선행은 이 은촛대의 약속으로부터 나온 것이었다.

이제 2018년, 대한민국에서 촛불은 기회는 평등하고 과정은 공정하고 결과는 정의로운 사회를 가리키는 등대가 되었다. 그렇게만 된다면 얼마나 좋을까. 촛불을 켜놓고 그 앞에서 무릎을 꿇고 촛불이 정치가 되지 않기를 두 손 모아 기도할 뿐이다.

# 록펠러 이야기

록펠러(John Davison Rockefeller 1839~1937)는 미국 석유산업의 대명사이다. 인류의 석유 문명을 탄생시킨 사람이라고 일컬어지기도 한다. 세계 최고의 갑부였고, 세계 최대의 자선단체인 록펠러 재단(Rockefeller Foundation, 1913년 설립)을 세운 자선활동가이기도 하다. 2009년 록펠러 재단의 기금은 330억 달러였다.

록펠러가 처음부터 부자였던 것은 아니다. 그는 매우 가난한 가정에서 태어났고 부모님이 일찍 돌아가셔서 소년 가장 노릇도 해야 했다. 그런 어려움을 겪었기 때문일까? 그는 세계 최고의 부자가 되기로 결심했고, 그 꿈을 실현시켰다. 앞날을 바라볼 줄 알았던 그는 이제 막 눈을 뜨기 시작한 미국 석유산업에 뛰어들어 선두주자로 나서면서 막대한 부를 얻게 된다. 그는 20대에 백만장자가 되었고 30대에 억만장자가 되었고, 40대에 미국에서 가장 부자가 되었고, 50대에 이르러 세계 최고의 갑부가 되었다.

그런데 록펠러가 53세가 되던 해에 그만 병이 찾아왔다. 무기력증, 불면증, 거식증 같은 병이었다. 의사는 그에게 1년 이상 살지 못할 거라고 했다. 그러던 어느 날 록펠러는 어떤 신발가게 앞에서 엄마와 딸아이가 실랑이를 하는 것을 보게 된다. 아이는 신발을 사달라고 조르고, 돈이 없는 엄마는 아이를 쥐어박으며 질질 끌다시피 데려가는 것이었다. 차가운 날씨였다. 엄마 아이 모두 맨발이었다. 마음이 아파진 록펠러는 사람을 시켜 부녀가 모르게 신발을 몇 켤레 사다주도록 했다. 놀랍게도 그날 저녁에 록펠러는 잠을 제대로 잘 수 있었다.

얼마 후 그는 비슷한 광경을 보게 된다. 어느 병원 앞에서 엄마가 아픈 아이를 끌어안고 울고 있는 것이었다. 알아보니 치료비가 없어 진료를 거부당한 엄마였다. 이번에도 엄마에게 알리지 않고 아이가 입원 치료를 받을 수 있게 해주었다. 며칠 후 록펠러는 그 엄마가 다 나은 아이 손을 잡고 병원 문을 나서는 모습을 보았다. 그날 록펠러는 비로소 배고픔을 느꼈다.

록펠러는 99세까지 살았다. 죽을 때 유언은 '내 관은 빈 손이 밖으로 나오도록 하라. 죽을 때 아무것도 가져갈 수 없다는 것을 사람들이 볼 수 있도록 하라'는 것이었다.

남을 도우면 내 가슴이 따뜻해진다. 록펠러의 병은 가슴이 차가워서 생긴 병이 아니었나 싶다. 세계 제일의 갑부가 되기까지 겪었을 심적 압박, 카르텔이나 트러스트를 만들고 운영하는 과정에서 저지른 몹쓸 짓 같은 것들이 그의 가슴을 차갑게 만들었을 것이다. 그의 병의 특효약은 선행(善行)이었다. 남을 돕자 가슴이 따뜻해졌고, 가슴이 따뜻해지자 병이 나았고, 록펠러 재단을 만들어 선행을 확대하면서 건강해지고 장수를 누리게 되지 않았나 한다.

왜 남에게 좋은 일을 하면 내 가슴이 따뜻해지는 걸까? 과학자들은 인간의 뇌는 남을 행복하게 해주어야 스스로도 행복해질 수 있도록 프로그램이 되어 있다고 한다. 이는 인간 진화의 과정에서 습득된 현상이다. 원시 인류는 생존을 위협하는 외부의 자극들, 힘센 동물이나 천재지변 같은 위험에 늘 노출되어 있었다. 생존의 위협에 대한 최선의 대응 방식을 찾기 위해 원시 인류는 모든 지혜를 동원했을 것이다. 시행착오도 겪었을 것이다. 그 과정에서 드디어 협력, 협동, 희생, 봉사와 같은 이타적 행위가 생존에 유리하다는 것을 터득했을 것이다. 이기적 행동은 오히려 자신을 위험에 빠뜨리고 집단의 몰락을 가져올 뿐이었다. 집단의 안전과 존속을 위해서는 똘똘 뭉쳐야 했던 것이다. 이타심을 더 많이 갖게 하기 위해서는 보상이 있어야 한다. 그 보상이 곧 마음의 따뜻함, 행복 같은 긍정적 감정이었다.

이것은 과학적으로도 증명된 사실이다. 뇌를 연구하는 과학자들은 긍정적 감정이 뇌의 도파민 시스템을 활성화시킨다는 사실을 알아냈다. 도파민은 행동과 인식, 자발적인 움직임, 동기 부여, 처벌과 보상, 수면, 기분, 학습 등에 긍정적 작용을 하는 신경전달물질이다. 도파민이 분비되면 사람은 좀 더 관대해지고 두뇌활동이 증가하여 판단력과 창의력이 좋아지고 다른 사람들과 원만한 인간관계를 맺을 수 있게 된다. 마음이 따뜻해지고 행복해지는 것이다. 그러나 도파민의 분비 조절에 이상이 생기면 우울증, 정신분열증과 같은 증상이 나타난다.

달라이 라마는 인류가 갈등과 대결, 보복의 악순환에서 벗어나

평화와 행복의 길로 나아가도록 이끌고 있는 인류의 정신적 지도자 중 한 분이다. 1989년의 노벨 평화상 수상자이기도 하다. 그는 종교인이지만 과학 같은 다른 분야에서도 인류 구원의 길을 찾고자 다양한 노력을 기울이고 있다. 그러한 노력을 담은 책이 『종교를 넘어』이다. 여기에서 그는 다음과 같이 말하고 있다. "다행스럽게도 이제는 가장 엄격한 과학적 관점에서조차 이타심과 타인에 대한 배려가 우리 자신에게 이익이 될 뿐 아니라 어떤 면에서는 우리의 타고난 생물학적 본성임을 보여주는, 진화생물학과 신경과학, 그 밖의 다른 분야의 증거가 많이 존재합니다." 달라이 라마는 인간의 기본적인 영적 행복은 내면의 정신적 감정적 힘과 균형인데, 이것은 자비와 친절, 다른 사람에 대한 보살핌이라는 자연스러운 성향을 가진 존재로서 인간의 타고난 본성으로부터 나온다고 하고 있다. 종교에 의존하지 않고도 영적 행복이 가능하다는 것이다.

남에게 좋은 일을 하면 심리적 긍정성이 높아진다. 그러면 남을 더 배려하고 도와주게 된다. 배려와 봉사는 사람을 더 행복하게 하고 긍정성을 높여준다. 긍정의 선순환이다. 선행으로부터 시작된 긍정의 선순환이 록펠러를 살렸고, 막대한 예산으로 온 세계에 자선을 베푸는 록펠러 재단을 탄생시켰다.

우리 아이들 교육에 있어서는 영어 수학을 가르치는 것보다 이타심을 길러주는 것이 먼저다. 교육의 궁극적 목적은 누구나 행복하게 살 수 있도록 준비를 시켜주는 데 있다. 긍정의 선순환을 체험하게 하는 일이다. "사람들이 도덕 교육을 받지 않는데 어떻게 행복해질 수 있을까?" 철학자 칸트의 말이다.

# 가슴이 따뜻해지는 법

　학교에서 장애 아이들을 보살필 때 특수학급에 따로 모아 생활하게 하기보다는 일반학급에 넣어 아이들과 함께 어울리며 학교생활을 하게 하는 것이 더 좋은 방법이다. 그래서 특수학급이 설치되어 있는 학교에서는 가급적 일반 학생들과 섞여 지내도록 통합학급을 운영한다.

　그 이유는 특수학급 아이들이 성장하면 어차피 일반 사람들과 섞여 살아야 하니까 그런 훈련을 어려서부터 시켜야 한다는 것이다. 중증장애학생 같으면 독립적인 생활이 아예 불가능하기 때문에 특수학교나 고정된 특수학급에서 수용해야 하지만, 어느 정도 말귀를 알아듣고 자립 행동이 가능하면 일반 학급에 편성하여 아이들과 함께 생활하도록 하는 것이 좋다.

　물론 이들이 수업에 방해되는 행동을 할 때도 있고, 다른 아이들을 힘들게 하는 일도 있지만, 어느 정도의 불편은 감수하는 게 요즘

학교들의 입장이다. 그런데 이렇게 통합교육을 하면 일반 아이들에게도 이로운 점이 많다.

장애아가 학급에 있으면 아이들은 대부분 이 장애아의 도우미가 된다. 등교할 때 책가방을 들어주는 아이도 생기고, 점심때 학교 급식을 챙겨주는 아이도 생기고, 화장실 갈 때 도와주는 아이도 생긴다. 고집부릴 때 달래주기도 하고 엉엉 울면 얼러주기도 한다. 이렇게 학급 아이들은 장애아를 하나하나 돕게 되고 그러면서 마음속에 착한 심성이 자라게 된다.

본래 남을 도와주면 내 가슴이 따듯해지는 법이다. 봉사의 본질은 여기에 있다. 봉사는 대상자에게는 필요한 도움을 주고 동시에 봉사자에게는 행복을 가져다준다. 학급에 소속된 장애아는 이렇게 급우들에게 긍정적인 역할을 하는 것이다.

그런데 이러한 모습은 과거 우리의 전통 사회에서 흔히 보던 모습이었다. 1970년대 이전까지만 해도 우리나라 사회는 농업 중심 사회였고, 사람들은 마을 공동체를 이루고 살았다. 사회의 기초 단위는 마을이었고, 한 마을 안에서 사람들은 두레니 품앗이니 하는 상부상조의 풍습을 지키며 마을 공동체의 삶을 영위해 갔다. 마을 사람들은 서로의 사정을 내 손바닥 보듯 알고 있었고, 조금이라도 경우를 벗어나거나 염치없는 짓을 하거나 상식에 어긋나면 곧바로 배척을 받았다. 막스 베버가 『프로테스탄티즘의 윤리와 자본주의 사회』에서 '조선은 법이 아니라 도덕으로 다스려지는 나라'라고 한 것은 이러한 마을 공동체의 도덕적 성격을 지칭한 것이라 생각된다.

그런데 마을마다에는 요즘의 지적장애인에 해당하는 인사가 한

둘씩 있기 마련이었다. 이들의 이름은 대개 반편이니 칠푼이니 삼돌이니 하는 이름 중의 하나였는데, 지능이 정상인의 반밖에는 안된다 하여 반편이, 엄마 배 속에서 열 달을 채우지 못하고 일곱 달만에 세상에 나왔다 하여 칠푼이, 마당쇠 역할밖에 못한다 하여 삼돌이 같은 이름이 붙은 것이었다. 이문구의『내 몸은 너무 오래 서 있거나 걸어왔다』에 나오는 더더대, 박경리의『토지』에 나오는 김서방댁의 개똥이, 하회탈춤의 등장인물 중 하나로 바보요 절름발이인 이매가 바로 이들이다. 이들은 한쪽 다리를 전다든지, 고개를 외로 꼬고 다닌다든지, 말을 더듬는다든지 하는 신체적 장애도 하나씩 가지고 있어서 아이들의 놀림감이 되곤 했다.

이들은 대개 마을 어귀의 단칸 초가 오두막집에서 살거나 노인네들만 사는 누구네 행랑채에 살거나 하면서 마을의 궂은일을 도맡다시피 했다. 누구네 집 잔치가 있다거나 초상이 났다거나 하면 이들은 물 길어오기, 장작 패어 불 지피기, 아낙네들 잔심부름하기, 바깥일 뒷설거지하기 등 거친 일들을 도맡아 했고, 지적으로 조금 모자란 대신 지시받은 일이면 틀림없이 해내는 믿음성도 있어서 마을에 굿이 벌어지면 특히 아낙네들은 이들을 찾기 마련이었다. 동네 조무래기들의 놀림감 역할도 충실히 했지만.

그런데 이들이 동네에서 하는 더 큰 역할, 눈에 보이지 않는 더 중요한 역할은 동네 사람들을 선량하게 만든다는 것이었다. 이들은 적어도 밥을 굶는다거나 얼어서 죽는 일은 없었다. 동네에 굿 보는 일이 있으면 다행이지만 그런 일이 없을 때면 동네 어느 집에서 반편이를 데려다가 바깥양반과 밥을 겸상해 주었고, 추운 겨울이면 옷가지라도 챙겨주었으며, 때로는 마당의 눈이라도 치우라고 시키고는 곡식 되라도 퍼주기도 했다. 그러면서 사람들은 혀를 끌끌 차기도 하고 안쓰러운 마음에 "밥 굶지 말고 배고프면 또 오거라." 해서 보내곤 했다.

퇴계 선생은 사단(四端)을 논하면서 측은지심 인지단야(惻隱之心 仁之端也), 즉 남을 가엾고 불쌍하게 여기는 데서 어진 마음이 생겨나는 것이라 했는데, 마을 공동체의 반편이들이 사람들을 어질게 만들었던 것이다.

또한 이들은 해학의 중심인물이기도 했다. 본래 해학을 연출하는 인물은 조금 모자란 인물이다. 아리스토텔레스는 연극을 비극과 희극으로 나누면서 비극의 중심인물은 보통 사람들보다 뛰어난 인물이고 희극의 중심인물은 보통사람들보다 못나고 어리석은 인물이라고 했다. 우리의 전통극인 탈춤에서 희극의 이러한 특징이 잘 드러난다. 봉산탈춤의 해학은 좀 모자라 말뚝이에게 놀림감이 되는 양반 삼형제, 그리고 소무의 교태에 넘어가 파계를 하고 마는 땡땡이 중 노장스님으로부터 파생된다.

동네의 칠푼이 반편이들은 덜떨어진 말과 행동으로 웃음을 자아냈고, 동네사람들의 놀림감이 됨으로써 웃음의 소재가 되었다. 그러나 멸시나 악의는 없었고 끝이 연민으로 정리되는 웃음이었다.

지금 우리 사회에서는 측은지심도 해학도 모두 사라져버렸다. 장애아들을 위한 특수교육 시설이 자기 동네에 들어선다고 하면 동네 사람들은 갑자기 투사가 되어 결사반대를 소리 높여 합창한다. 특수교육 시설은 소위 혐오시설이기 때문에 안 되고, 더욱이 집값을 떨어뜨리기 때문에 그런 시설이 우리 마을에 들어서는 것은 절대 안 된다는 것이다. 안타까운 일이다.

# 순백(純白)에의 열광

　장영희 교수의 수필집『문학의 숲을 거닐다』에는 「어느 봄날의 단상」이라는 제목으로 다음과 같은 이야기가 실려 있다.

　장 교수는 어려서 동무들과 놀다가 이웃집 울타리에 한 학생이 쓰러져 있는 것을 발견한다. 아이들은 죽은 사람인 줄 알고 놀라서 집으로 달려가 엄마에게 알린다. 그 학생은 죽은 게 아니라 밥을 먹지 못해 허기가 져서 쓰러져 있던 참이었다. 그 학생을 집으로 업어온 엄마는 얼른 밥을 차려 먹였다. 아이들은 신기한 듯 그 학생이 밥 먹는 것을 구경했다. 그런데 장영희 교수의 기억에 또렷하게 남아 있는 것은 밥 먹는 모습이 아니라 그 학생의 무릎 위에 놓여 있던 한 권의 책이었다. 그 책의 제목은『라이너 마리아 릴케 시집』이었다.

　그 글을 읽으면서 궁금했던 것은 허기가 져 쓰러질 정도에 이르면서도 그 학생이 왜 릴케의 시집을 손에서 놓지 않았을까 하는 것이었다. 글의 흐름상 그에 대한 해명은 필요가 없는 것이었는데, 그래도 나는 배가 고파 쓰러질 지경이면 헌책방에 팔아서 그 돈으로 짜장면이라도 한 그릇 사먹을 수 있지 않을까 하는 생각을 했다.

릴케의 시집을 목숨처럼 여긴 까닭은 짐작컨대 그만한 나이의 소년 소녀들이 가지게 마련인 순수에 대한 갈망, 순수에 대한 결벽증 같은 성향 때문이 아닌가 한다. 릴케야말로 그러한 청소년기의 순수함에 가장 잘 어울리는 시인이다. 순수의 표상인 릴케를 소유함으로써 릴케와 동일시가 가능하다. 굶주려 쓰러져 죽을지언정 릴케의 시집을 손에서 놓을 수가 없는 것이다.

릴케의 다음과 같은 시들을 보자.


너희들 소녀는

저물어 가는 4월의 정원

하고많은 길 위로 봄은 헤매어

아직도 어느 곳에 머물지 못한다.

「너희들 소녀는」 전문)


지금 집이 없는 사람은 이제 집을 짓지 않습니다.

지금 혼자인 사람은 그렇게 오래 남아

책을 읽고 긴 편지를 쓸 것입니다.

낙엽 날리는 날에는 가로수들 사이로

이리 저리 불안스레 헤메일 것입니다.

「가을의 기도」 부분)

어젯밤 꿈에

별 하나가 조용히 나와 있는 것을 보았습니다.

그리고 마리아의 말씀을 느꼈습니다.

이 별을 따라 밤에 꽃 피어나라는.

(「어젯밤 꿈에」 부분)

이와 같이 릴케의 시들에는 고독과 방랑, 동경과 사랑과 신비의 정서가 감돌고 있다. 이러한 정서들은 순수한 마음에서만 만들어지고 표출된다. 『두이노의 비가』 같은 시집, 『젊은 시인에게 보내는 편지』와 같은 글들에는 고고한 정신적 가치에 대한 명상이 담겨 있다.

릴케는 「별 헤는 밤」을 통하여 또 한 명의 순수의 시인 윤동주와도 연결된다. 별 하나마다 불러보는 이름에 라이너 마리아 릴케도 섞여 있는 것이다. 이렇게 릴케는 그 학생에게는 순수의 대상물이었고, 순수에 대한 열망이 허기진 손에서 릴케의 시집 놓지 못하도록 했을 것이다. 누구의 말대로 소년 시절이란 순백에의 열광을 거쳐 지나가기 마련이다.

유들유들함, 은근슬쩍 눙치는 배짱, '세상은 다 그래' 하는 자기 합리화, 불의에 대한 무감각, 불룩한 뱃살이 주는 거북한 이미지, 흐릿한 눈빛, 탁한 목소리, 역한 담배 냄새 등등 어른들의 불결함에 대해 소년 소녀들은 본능적 혐오감을 갖는다. 청소년기에는 '타락한 어른인 것들'에 대한 혐오의 감정을 의식적으로 표현하는 것이 의무라고까지 여긴다. 순수에 대하여 종교적 신앙과 같은 감정을 가지는 것은 청소년기의 특권이다. 배를 곯아 쓰러진 그 학생의 손에 들려 있던 책은 순수에 대한 옹호, 거짓에 대한 부정이었다.

청소년기의 순수에 대한 결벽은 역사적 조건이 갖춰지는 때에는 강력한 혁명적 에너지로 분출되었던 기억을 우리는 많이 가지고 있다. 4·19혁명이 그 대표적인 예이다.

허기져 쓰러진 그 학생과 릴케의 시집을 회상하면서 장영희 교수는 릴케의 『젊은 시인에게 보내는 편지』에서 인상 깊었던 구절을 인용한다. 그 일부는 다음과 같다.

> 젊은이들은 모든 일에 초보자이기 때문에 아직 제대로 사랑할 줄을 모릅니다. 그러나 배워야 합니다. 사랑은 초기 단계에서는 다른 사람과의 합일, 조화가 아닙니다. 사랑은 우선 홀로 성숙해지고 나서 자기 스스로를 위해서, 그리고 다른 사람을 위해서 하나의 세계가 되는 것입니다.

릴케의 시집을 한 권 사서 읽으면서 내 젊은 시절의 순수로 돌아가 봐야겠다. 글쎄, 잘 될까?

# 아아 세월호, 단원고 이야기

### 1

　2014년 4월 15일, 단원고 학생들이 수학여행을 떠나던 날, 세월호가 출발할 인천항으로 이동하기 위해 인원 파악도 하고 준비물도 챙기면서 버스를 기다리고 있을 때, 철이는 콜록거리며 담임 선생님에게 감기 때문에 몸이 아파서 수학여행을 못 가겠다고 말했다. 선생님은 철이 어머니에게 전화를 해서 철이 상태를 전하고 어머니 허락을 얻어 철이를 집으로 돌려보냈다.

　아버지의 생각은 달랐다. 집으로 돌아온 아들에게 아버지는 그까짓 고뿔 좀 들렸다고 학교 행사를 빠지면 되느냐고, 가다가 약국 있으면 감기약 사 먹고 조금 아프더라도 참고 다녀오는 게 맞다고 했다. 그리고는 택시를 불러 아이를 밀어 넣어 학교로 돌려보냈다. 다행히 버스가 출발 전이어서 철이는 반 친구들과 함께 출발할 수가 있었다. 어머니는 아들을 보내고 나서 안쓰러워 담임 선생님에게 전화를 걸었다.

"선생님, 아빠가 우겨 우리 철이를 억지로 보냈는데, 열도 있고 하니 잘 돌봐주세요. 잘 데리고 다녀와주세요."

다음 날 세월호는 철이 아버지 어머니 눈앞에서 바다 밑으로 가라앉았고, 며칠 후 철이는 차가운 시신으로 돌아왔다.

그 다음부터 철이 아버지는 밤이 되면 왼손엔 망치를 들고 오른손엔 칼을 들고 학교를 찾아왔다. 망치로는 학교를 부수고 칼로는 우리 아들을 죽인 자를 찔러죽이겠다고 중얼거리며. 철이 아버지는 미친 것이었다.


### 2


순이네는 집안 형편이 어려웠다. 순이는 어머니보다 손아래인 이모가 셋이 있었다. 이모들도 사정이 여의치 않아 마음으로만 큰언니네를 걱정하는 처지였다. 그러나 자매 간 우애가 좋아 자주 오가곤 했다.

순이는 수학여행비를 마련하기가 어려울 것을 미리 알고 진작부터 수학여행을 가지 않기로 마음먹었다. 수학여행 희망 조사서에 가위표를 해서 내면서, 이담에 커서 돈 많이 벌어 엄마 모시고 더 좋은 여행을 해야지 하며 스스로를 위로했다. 그러던 어느 날 막내이모가 다녀간 후에 어머니가 수학여행비를 냈으니 맘 놓고 여행을 다녀오라고, 용돈도 넉넉히 주겠다고 말하며 환하게 웃었다. 이모 셋이 돈을 모아서 어여쁘고 착한 조카 수학여행을 보내준 것이었다.

수학여행을 떠나면서 이모들에게 "수학여행 잘 다녀올게요, 사진도 많이 찍어서 보내드릴게요. 나중에 제가 크면 엄마하고 이모님들 멋진 여행 보내드릴게요." 하고 핸드폰으로 문자도 보냈다.

그런 순이는 4월 23일 부풀어 오른 차가운 시신으로 엄마와 이모들 곁으로 돌아왔다. 엄마와 이모들은 눈물도 말랐다.


### 3

수학여행을 인솔했던 교감 선생님이 살아나왔다가 사흘 만에 자살했다. 4월 18일 오후였다. 유서는 이랬다.

"가족과 동료 교사, 학생들에게 미안하다. 200여 명의 생사를 알 수 없는데 혼자 살기에는 힘에 벅차다. 다른 사람에게 이 사고의 책임을 묻지 말아 달라. 내가 지고 가겠다. 내 몸뚱이를 불살라 침몰 해역에 뿌려 달라."

교감 선생님이 아이들 구조를 위해 사력을 다하다가 지병 때문에 쓰러진 후 구조되었다는 사실은 증인들의 증언을 통해 확인된 바 있다. 그는 구조된 직후부터 관계 기관에 가서 장시간 조사를 받았고, 돌아와서는 유족들에게 무릎을 꿇고 자신만 살아 나와서 죄송하다는 사죄를 하기도 했다. 너도 바다에 빠져 죽었어야지 왜 살아왔느냐는 유가족들의 절규도 들어야 했다. 그러면서 속속 올라오는 제자들과 선생님들의 시신, 그리고 울부짖는 유족들의 참상을 보고 죄책감을 차마 견디지 못했을 것이다.

경기도교육청 비상대책반에서는 교감 선생님이 극단적 선택을 할지도 모른다고 판단하고 4월 17일에 부인을 현장으로 가게 하여 한시라도 남편 곁을 떠나지 않도록 단단히 부탁했다. 그러나 결국 교감 선생님은 아내의 감시망을 벗어나서 목숨과 책임을 바꾸고 말았다.

교감 선생님은 순직자로 인정받지 못했다. 선체 밖에서 스스로 목숨을 끊었기 때문이라는 게 이유였다. 2018년 4월 16일 세월호 희생자 영결식에서도 교감 선생님의 이름은 없었다. 모 일간지에서 이를 소개하며 '세월호 4주기 추도식에도 초대받지 못한 슬픈 영혼'이라는 제목을 달았다.


4


김 선생님의 빈소를 찾았을 때 빈소에서는 부친은 천장을 올려다보고만 있었고 모친은 사뭇 몸을 떨며 안절부절못하고 있었다. 여동생은 그런 어머니 손을 잡고 어머니를 안정시키고자 무진 애를 쓰고 있었다.

문상을 마치자 어머니가 울며 떨리는 목소리로 말했다. "우리 애 죽은 날이 이 애 생일이었어요. 우리 애는 남자 친구도 없었어요.

연애도 못 해보고 죽었어요."

영정을 모신 제단 한쪽에는 색종이에 적은 편지 서른세 통이 색실로 묶여 있었다. 수학여행을 떠나기 전 서른세 명 제자들이 선생님에게 쓴 사랑 편지였다.


5

희생자 장례가 진행되면서 시급히 분향소를 마련해야 했다. 당장 영정과 위패를 안치하고 조문객들을 맞이할 장소를 마련해야 했던 것이다. 경기도교육청 비상대책반에서는 안산시의 협조를 얻어 단원고로부터 가까운 안산실내체육관에 분향소를 차렸다.

10여 일 후에 안산 시 외곽에 있는 화랑유원지에 정부합동분향소가 마련되었다. 이제 임시 분향소에서 합동분향소로 이사를 가야 했다. 합동분향소가 완성된 다음 날 오전으로 시간을 정하여 유가족들로 하여금 영정과 위패를 모셔 옮기도록 했다. 안산의 택시조합에서 차량을 제공해주었다.

다시 한번 임시분향소에 곡성이 울렸다. 하나둘 영정이 부모님 두 손에 들려 떠나는 중에, 세수도 제대로 하지 못한, 수염도 깎지 못한, 입은 옷도 꾀죄죄한, 다리를 눈에 띄게 저는 중년 남자가 나타나 한 아이 영정 앞으로 다가갔다. 다른 가족도 없이 혼자였다. 그는 외아들을 떠나보낸 홀아비 아버지였다.

다리를 절며 영정 앞으로 다가간 아버지는 영정을 들어 손으로 사진을 쓰다듬었다. 쓰다듬고 또 쓰다듬고, 품에 안았다가 또 바라보고, 소매로 유리를 닦더니 또 쓰다듬고, 울지도 않으면서, 아들 얼굴을 자기 얼굴에 갖다 대기도 하고, 한참을 그러다가 아버지는 아들을 안고 택시에 올랐다.

불구의 아버지에게 그 아들은 세상의 전부였을 것이다. 이 녀석은 자라면 훌륭한 사람이 되어 틀림없이 못난 아비 호강을 시켜줄 것이었다. 그 아들이 이렇게 차가운 유리 속에 얼굴만 들어 있는 것이었다.

아이의 영정을 옮기는 동안 아버지는 울지 않았고, 우리들은 모두 울었다.


# 6

안산의 장례식장은 세월호 희생 학생들의 시신으로 가득 찼다. 안산시 전체가 피눈물에 젖고 울부짖음에 휩싸여 있는 느낌이었다. 시신들이 몰리던 때는 안산만으로 모자라 인근 지역 장례식장으로도 보내야 했다.

장례식 날, 발인제를 지내고, 장의 차량으로 운구를 하고, 학교를 들르고, 학교에서 노제를 지내고, 마지막으로 부모가 영정을 모시고 고인이 공부하던 교실을 찾는다. 교실에는 희생 학생들의 책상마다 국화꽃만이 덩그러니 놓여 있다. 그 교실 앞에서 부모는 오열을 한다. 그 울음소리는 사람의 소리가 아니었다. 전신으로 우는 소리, 전신을 떨어서 내는 소리. 슬픔은 공감할 수 있을 때까지만 슬픔이다. 너무나 거대하여 차마 가까이 갈 수 없는 슬픔을 뭐라 불러야 할까? 타인의 접근을 용납하지 않는 그 슬픔의 심연, 하도 깊어 그 깊이를 잴 수 없는 검은 바다가 거기에 있었다.


# 7

단원고 선생님들도 겪어내기가 불가능할 것 같던 고통을 견뎠다. 내 아이들, 내 새끼들, 그렇게 예쁘고 즐겁고 신명나던 아이들 250명이 한꺼번에 바닷속에 잠겨버렸다. 어제까지 살을 비비며 가르치고 장난치고 꾸중하고 칭찬하던 아이들이었다. 동료 선생님들도 물에 빠져 죽었다. 얼마나 경악했을까? 선생님들의 몸과 마음은 얼어붙어 버렸다.

사고 당일 선생님들은 학교에 몇 분만 남겨놓고 모두 팽목항으로 내려갔다. 점점 바닷속으로 가라앉는 세월호를 눈앞에 보면서 비명을 지르고 가슴이 타들어갔다. 잠시 학부모들로부터 죄인 취급을 받았으나 이성을 회복한 뒤에는 부모들이 기대는 언덕이 되었다.

선생님들은 바닷속에서 꺼내오는 아이마다 부모님과 함께 누구인지 확인해야 했다. 부모님은 선생님의 어깨라도 잡아야 시신 확인 장소에 들어갈 기운을 얻었다. 비틀거리는 부모님을 부축하고 들어가서 제자의 죽은 얼굴을 마주해야 했다. 하루 이틀 만에 찾아온 시신은 온전했지만, 시간이 지나면서 시신은 차마 눈뜨고 볼 수 없을 만큼 처참했다.

선생님들은 아이들의 시신을 장례식장으로 옮겼다. 장례를 치르면서 유가족들과 함께 오열했다. 그런 와중에 학교는 1, 3학년 학생들 때문에 휴교를 계속할 수 없으니까 이들에 대한 수업을 재개하고, 생존해 돌아온 2학년 학생들도 추슬러야 했다. 어떻게 그것이 가능했을까?

단원고 선생님들은 그걸 다 해냈다. 그래도 자신들은 죄인이었다. 그들에게는 아무런 위로와 격려도 돌아가지 않았다.


## 8

그해 봄의 꽃들은 유난히 흐드러졌다. 안산은 우리나라 최초의 계획도시이다. 곳곳에 공원도 많고 여유 공간들도 넉넉했다. 그런 곳들마다 꽃들이 지천이었다. 영산홍이 제일 화려했다. 곧 이어 아카시아가 강한 향기를 흩날렸다. 이어서 장미가 자태를 드러냈다. 그야말로 꽃 대궐이었다.

그런데 이상한 일이었다. 내게는 그 아름다움이 느껴지지가 않는 것이었다. '예쁜 꽃이 저기 있구나.' 하는 사실만 머리에 들어올 뿐이었다. 이런 현상이 공감 능력의 상실이라는 심리적 이상 증상임을 나중에 알았다.

공감이란 상대방의 느낌을 나도 함께 느끼는 심리적 현상을 말한다. 그런데 공감은 인간들 사이에서만 일어나는 것은 아니다. 식물이나 동물들과도 공감을 나눌 수 있다. 봄이면 기지개 켜는 생명들과 기쁨을 함께 나눈다. 동물들도 새끼를 잃으면 슬퍼하는데, 그 모습을 보는 사람도 안쓰럽다. 환경 문제로 신음하는 지구와 그 아픔을 공감할 때 지구를 재앙에서 구해낼 수 있다.

그렇다면 아름다움을 자랑하는 꽃들과도 교감하고 공감할 수 있어야 한다. 그런데 그것이 안 되는 것이었다. 나는 이렇게 곱고 아름다우니 어서 나를 봐 달라는 꽃들의 아우성이 들리지 않는 것이었다.

그런 공감 능력 상실 상태는 안산에서의 비상대책반 근무를 마감하고 일상 업무로 돌아온 이후에도 한참이나 계속되었다(필자는 당시 경기도교육청 교육국의 책임자로 있었다).

제4부

# 연암 동산 이야기

한국화, 오승연, 〈꿈의 식탁〉

# 서로를 보듬는 따뜻함으로

일 년의 계획은 봄에 있고(一年之計在於春) 하루의 계획은 새벽에 있다(一日之計在於晨)고 성현께서 말씀하셨습니다. 그런 점에서 봄은 미래요, 희망입니다.

봄이 자연에만 있을까요? 아닙니다. 봄은 어디에나 있습니다. 사람의 일생에서 청춘은 봄의 계절입니다. 예술에는 인간의 꿈이 담겨 있다는 점에서 예술을 계절로 치면 봄이 아닐까 합니다. 개인이든 사회든 그가 지향하는 미래를 한마디로 표현한다면 유토피아가 되겠는데, 예술은 그를 향한 출발점에 놓여 있습니다. 예술은 때로는 괴로움일 수도 있는데, 꿈에 대한 탐구가 그만큼 치열하다는 방증일 것입니다.

우리 학교 3월의 시는 최하림 시인의 「봄」이지요? 교보생명의 광화문 글판에 올랐던 시이기도 합니다. 시 중에서 '봄이 부서질까봐 조심조심 속삭였다. 아무도 모르게 작은 소리로'를 골라 올렸었는데, 광화문 글판지기는 '모든 것이 귀하고 소중하므로 늘 겸손한 마음으로 서로를 헤아리고 배려하며 살아가자'는 메시지를 담으려 했다고 합니다. 서로를 보듬어주는 따뜻함으로 소중한 가치를 지키자는 취지라고요.

봄을 가장 아름답게 표현한 시는 아마도 헤르만 헤세의 「봄의 말」이 아닐까 합니다.

> "어린애마다 알고 있습니다, 봄이 말하는 것을.
> 살아라, 자라라, 꽃피라, 희망하라, 사랑하라, 기뻐하라, 새싹을 내밀라, 몸을 던지고 삶을 두려워하지 말라"

봄의 말은 이렇게 단순하기 이를 데 없는 명령어로 되어 있습니다. 그만큼 순수하고 소박하고 순결하고 진실한 소망만이 반짝이고 있습니다. 베토벤의 Spring Sonata의 산뜻한 리듬을 듣고 있는 느낌도 나지요? 이 언어들 앞에서는 어떤 존재도 새 옷으로 갈아입고 새 단장을 하지 않을 수 없겠습니다.

봄의 터전에서 봄을 창작하면서 봄을 살아가는 우리 학생들은 봄꽃 같은 존재들입니다. 봄의 명령대로 꿈을 향해 온몸을 던지십시오. 삶을 두려워하지 마십시오.

# 예술로 성장하는 아이들

예술을 공부한다는 것은 일반교과를 공부하는 것과는 조금 다른 점이 있습니다. 예술을 공부하는 것은 곧 예술을 향수(享受)하는 것이고 예술적 감동의 세례를 받는 일입니다. 모차르트의 협주곡을 연습하는 것은 그 곡의 선율과 화음의 아름다움에 빠져드는 일이고, 연극 〈우리 읍내〉의 대사를 외고 연기를 익히는 과정은 그 극이 보여주고자 하는 삶의 의미를 내면화하는 과정이기도 합니다. 이것은 사진예술도, 무용도, 미술도, 문학도 마찬가지입니다. 학생들은 예술을 익히고 연마하면서 지적으로 성숙해지고 정서적으로 풍부해지고 미적 감각을 섬세하게 다듬어가고 있습니다. 예술은 학생들을 아름답고 조화로운 인격의 소유자로 성장시킵니다.

2018년 안양예고의 연암예술제에서는 연극영화과 학생들이 만든 뮤지컬 〈Hair Spray〉공연이 있었습니다. 젊은이들이 낭만적인 꿈을 찾아가는 과정을 춤과 노래와 연기로 표현한 작품입니다. 이

작품을 연습하면서 학생들은 젊음이 얼마나 활기차고 소중한 것인지, 꿈을 찾아가는 과정은 얼마나 신명나는 일인지, 젊음끼리 만나 이루어지는 사랑은 얼마나 달콤한 것인지, 시련을 이겨내고 목표에 도달하는 것은 또 얼마나 보람찬 일인지 깨닫게 되었을 것입니다. 작품 완성을 위해 땀 흘리고 인내하고 소통하고 협업하는 가운데 자신감과 자존감도 갖게 되었을 것이고 공동체 정신도 익혔겠지요.

학생들은 〈Hair Spray〉를 창작했고, 〈Hair Spray〉는 학생들을 성장시켰습니다. 예술을 공부한다는 것은 축복입니다.

# Moving planet

언어는 사물을 기호화하여 개념 사고(概念思考)를 할 수 있게 해주는 인식의 도구입니다. 어떤 대상을 인식하는 일은 언어를 통해 이루어집니다. 우리는 사물로서의 '나무[tree]'를 가지고 사고하지 않고 나무를 기호화한 언어 [na-mu]를 가지고 사고합니다.

영화에서 언어는 이렇게 영상을 기호화하는 역할을 수행합니다. 영상을 통해 전달하고자 하는 의미는 언어 기호로 전환됨으로써 관객들에게 명료하게 전달됩니다. 아무리 촬영과 편집이 잘 된 영상이라 할지라도 언어에 의한 개념화의 과정을 거치지 않으면 그 의미가 제대로 전달되지 않습니다. 옛날 무성영화 시대에 변사가 영화의 중요한 요소 중 하나였음을 이해할 수 있겠습니다. 영화는 기호화라고 하는 마지막 공정을 거쳐 완성되는 종합예술입니다.

영화를 전공하는 학생들이 언어에 관심을 기울이는 까닭이 여기에 있습니다. 이들은 틈틈이 소설, 수필, 시나리오를 쓰고, 이에 대한 비평문도 창작합니다. 자신의 언어를 정교하게 다듬기 위한 노력이지요. 올여름에 이들이 내놓는 책 『Moving planet』은 그러한 노력의 산물입니다.

　우리가 사는 별 지구는 우주에서 바라보면 이 세상의 어떤 보석보다도 아름답습니다. Moving planet은 아마도 푸른 별 지구보다 더 아름다운 별이 아닐 수 없겠습니다.

　모든 별들이 하늘을 운행하는 것처럼 이 별도 여행을 떠날 것입니다. 이 별 앞에는 어떤 세상이 펼쳐질지, 누구와 만나게 될지 아무도 모릅니다. 아마도 모든 가능성들과 만나게 될 것이고, 그침 없는 상상의 샘을 만나게 될 것이고, 영상으로 조형되는 꿈의 세계를 만나게 될 것이고, 깊은 사유의 언어를 만나게 되겠지요. 그리고 그 모든 만남을 묶어 이제 곧 위대한 영화 예술을 탄생시킬 것입니다. 그 감동에 빠져들 날이 어서 오기를 고대합니다.

# 무용, 신비의 아름다운 형상

인간의 몸은 원초적으로 감정 표현의 수단이었고 의사소통의 도구이기도 했습니다. 그 몸짓을 예술로 승화시킨 것이 무용이 아닌가 합니다. 무용으로 표현할 수 있는 느낌은 무한하고 무용으로 창작해낼 수 있는 의미도 무한합니다. 인간의 사상과 감정은 무용을 만나 아름다운 형상을 갖게 되는 것입니다.

국보 제29호 봉덕사 성덕대왕 신종(神鐘)의 타종식이 1986년 10월 9일 새벽 6시에 있었습니다. 당시 한국민족미술협회 공동대표였던 유홍준 님(『나의 문화유산 답사기』의 저자)의 제안으로 이 타종 소리를 춤으로 표현하는 의식을 가졌습니다. 봉덕사 신종에 적힌 명문(銘文)에는 '(부처님께서는) 때와 사람에 따라 적절히 비유하여 진리를 알게 하듯이 신종을 달아 진리의 원음(圓音)을 듣게 하셨다'는 내용이 들어 있습니다. 그 큰 의미와 함께 에밀레종의 전설까지 담겨 있는 천상(天上)의 소리를 무용가 이애주 씨는 춤으로 승화시켰습니다. 세상에 단 한 번 추어진 신비로운 춤이었습니다(『나의 문화유산 답사기 3』).

나뭇잎에 앉은 바람 한 점도 춤으로 표현할 수 있습니다. 바다를 휩쓰는 풍랑도 춤으로 표현할 수 있습니다. 심금의 작은 떨림도, 감정의 거대한 용솟음도 춤으로 표현할 수 있습니다. 이를 위해 우리 안양예고 무용과 학생들은 수련에 수련을 거듭하고 있습니다. 이들은 장차 우주의 혼까지 불러내어 그것을 춤으로 표현할 수 있게 될 것입니다.

# 아름다운 혼, 아름다운 예술

　예술은 혼(魂)의 표현이라고 합니다. 넋이고 얼이고 정신인 혼에는 한 인간의 참모습이 담겨 있습니다. 아름다운 혼이 아름다운 예술을 창조합니다. 미술도 마찬가지입니다. 아름다운 미술 작품은 작가의 혼이 아름답기 때문입니다.

　예술은 혼의 '표현(表現)'이기 때문에 형상을 갖습니다. 그 형상은 음악에서는 선율과 리듬과 화음으로 나타나고, 무용에서는 몸의 동작으로 나타납니다. 미술에서는 선과 색과 형태의 조화로 나타납니다.

　형상은 느낌을 불러옵니다. 그 느낌의 순수함, 진실성, 가치 같은 것들이 감동의 원천을 형성합니다. 우리는 레오나르도 다 빈치의 〈모나리자〉 앞에서 그의 내면에 담긴 완성된 행복을 느끼며 감동합니다. 오귀스트 로댕의 〈생각하는 사람〉을 마주하고는 인간 존재의 근원에 대한 물음을 던지는 사람의 고뇌를 느끼며 전율합니다.

이렇게 혼에서 형상으로, 형상에서 느낌으로, 느낌에서 감동으로 이행되는 일련의 과정이 예술 행위의 본질을 이룹니다. 예술 교육에서는 우선 혼을 아름답게 가꾸는 일이 무엇보다 중요하다고 하겠습니다.

지난 5월에 우리 안양예고 미술과 학생들이 경복궁역의 메트로 미술관에서 미술작품 전시회를 열었습니다. 그 그림들에서 본 것도 어린 예술가들의 여리고 고운 혼이었습니다. 앞으로 이들은 예술의 깊은 숲을 헤쳐나가면서 그 영혼을 아름답게 살찌우게 될 것입니다.

# 해 들어 세 번째 눈이 내렸어요

어저께 내린 눈이 아마도 해 들어 세 번째 내린 눈이었지요? 언제나 눈은 축복이었습니다. 그 눈을 따라 가와바타 야스나리의 설국으로도 떠나고, 설국을 거쳐 김춘수의 샤갈의 마을에 내리는 눈에 머무르기도 하고, 샤갈의 고향이 러시아의 어느 마을이었지요? 톨스토이, 뚜르게네프 들이 그려낸 눈 동네도 찾아갔어요. 다음 주말에는 대관령을 찾아갈지도 모르겠어요. 신봉승 시인이 시 「대관령」에서 "저기 찬바람 하얀 눈 소복한 산은/누구를 기다리나 봄은 먼데"라고 노래한 그 소복한 하얀 눈을 만나러요.

사물에 의미를 부여하는 것은 언어입니다. 시인 작가가 고뇌하는 지점이 바로 이곳이지요. 사물에 그에 꼭 맞는 이름을 지어 붙이는 일말입니다. 눈이라고 하는 언어 기호에 부여된 의미를 따라 우리는 눈의 세계를 해석하고, 현실보다 차고 맑은 눈의 이미지를, 실제보다 고양된 세상의 형상을 들여다보게 되는 것이지요. 문학이

다루는 언어 기호들은 이렇게 우리들을 우리 이상의 존재로 만들어서 아름답고 진실된 세상으로 데려다줍니다. 언어는 존재의 집이라고 하이데거는 선언했어요. 문학의 언어는 존재에 가치를 부여하고 미의 옷을 입히는, 그리고 기대와 설렘으로 존재들을 부풀게 하는 기호입니다.

이제 우리는 문예창작을 전공하는 학생들이 만든 책 『푸른 소리』의 언어 기호들이 창조해낸 그 상상 앞에 섰습니다. 여기에는 또 얼마나 많은 눈이 내리고, 비가 오고, 바람이 불고, 별이 반짝일까요? 거기를 산책하다 보면 얼마나 외롭고 쓸쓸하고 행복하고, 또 그립고 안타까울까요? 글쓴이들이 마음에 품고 조형하는 그 상상의 언어 공간에는 따뜻한 사랑의 모닥불을 쬘 수 있는 동굴도 있겠지요?

# 시가 말하는 것

　세상의 모든 사물과 현상들은 무언가 이야기를 하고 있습니다. 밤하늘의 별은 소망을 이야기합니다. 민들레꽃 한 송이는 애처로운 그리움을 이야기합니다. 이맘때 오는 봄비는 어서 싹 트고 꽃 피우라는 이야기를 자연에게 속삭이고 있습니다.

　시는 무엇을 이야기하고 있을까요? 시는 사랑하라고 이야기합니다. 사랑에 뿌리를 두고 있지 않은 시는 없었습니다. 소월이나 만해의 시는 그 자체가 사랑이고, 분노와 저항을 표출하고 있는 이육사나 김수영이나 김지하의 시 역시 인간에 대한 강렬한 사랑, 치열한 휴머니즘의 정신을 이야기로 가지고 있습니다. 모든 시의 이야기는 사랑하라는 이야기입니다.

　그래서 시인이, 나아가 문학하는 사람이 우선 체험하고 실천해야 하는 것은 사랑입니다. 꽃 한 송이를 사랑하고, 한 줌 바람을 사랑하고, 가난한 사람을 사랑하고, 시인 동주처럼 모든 죽어가는 것까지 사랑하는 그 사랑을 시인은 우선 실천하고 체험해야 합니다. 그 사랑으로 몸살을 앓더라도, 사랑하다 쓰러지는 한이 있더라도 시인은 사랑을 해야 합니다. 감동 깊은 시는 사랑의 체험을 거쳐서만 탄생합니다.

세상 모든 소설의 등장인물 중에서 가장 아름답다고 하는 인물은 『카라마조프가의 형제들』의 막내 알로샤라고 하지요. 그 알로샤가 큰형 미챠에게 이렇게 얘기합니다. "형님 말씀대로 논리보다 우선 사랑부터 하는 거예요. 그것은 반드시 논리에 앞서야 해요. 그때 비로소 삶의 의의도 알게 되지요. 이건 벌써 오래전부터 내 머릿속에 떠올라 있던 거예요."

논리 이전에 먼저 사랑해야 삶의 의의도 알게 되는 거라는 이 진리를 시로, 언어로 형상화하여 사물처럼 투명하게 보여주는 존재가 바로 시인입니다. 시가 이야기하는 것, 그것은 사랑입니다. 그리하여, 독자들이여! 시를 읽으면서 사랑을 읽는, 그 시간도 사랑하십시오.

# 사랑하기 위해 쓰십시오

글은 왜 쓸까요? 사람을, 자연을, 세상을 사랑하기 위해서입니다. 윤동주의 「서시」에서 "별을 노래하는 마음으로/모든 죽어가는 것을 사랑해야지"라는 고백은 세상 모두에 대한 사랑의 다짐입니다. 별마다 하나씩 불러보는 이름들(「별 헤는 밤」)은 동주가 혼을 다해 사랑한 대상들입니다.

예술은 상대방의 혼을 겨냥하고 혼에 호소하는 삶의 양식입니다. 혼(魂)의 정수(精髓)는 사랑이기 때문에 예술혼이 사랑을 지향할 때라야만 위대한 예술이 탄생합니다. 러스킨이 제자들에게 '그림을 배우기 위해서 자연을 보는 것이 아니라, 자연을 사랑하기 위해서 그림을 그리라.'고 당부한 것은 이러한 맥락에서였습니다.

그런데 왜 사랑인가요? 어떠한 대상을 의식적으로, 즉 투철하게 이해하기 위해서는 사랑하지 않으면 안 되기 때문입니다. 인디언의 언어에서는 '이해'와 '사랑'이 동의어라고 합니다(Forrest Carter,

『내 영혼이 따뜻했던 날들』). 그래서 요즘처럼 '우리'가 해체되고, 나눔보다는 쟁취를 위한 외침이 거리를 메우는 세상에서 문학은 특히 인간에 대한 사랑을 일깨우고 담고 다듬고 호소해야 합니다.

혹시 저녁 시간 지하철 안에서 피곤에 지쳐 졸고 있는 아저씨의 얼굴을 본 일이 있나요? 그 얼굴로부터 그와 그의 가족들이 저녁 밥상에 둘러앉아서, 아빠는 다섯 살 딸아이 입에 생선살을 떼어 넣어주고, 엄마는 세 살 아들 입가에 묻은 밥풀을 닦아주며 토닥이는 모습을 상상해보았나요? 병원 복도에서 청소하시는 도우미 아주머니의 곱은 손을 본 일이 있나요? 오늘같이 추운 날 퇴근 무렵, 시장에서 그 손에 딸아이에게 신길 양말과 남편 입맛을 다시게 할 저녁 반찬거리가 들려 있는 모습을 상상해보았나요?

이 아저씨와 아줌마를 '이해'함으로써, 즉 이들의 가슴에 공감하고 이들의 꿈을 공유함으로써, 즉 이들을 '사랑'의 대상으로 선택함으로써 비로소 글쓰기는 시작되는 것이 아닌가 합니다. 사랑은 문학이 진정성을 획득하기 위한 출발점입니다.

우리 문예창작과 학생들이 만든 책『돌연변이 악당의 일기』를 앞에 하고 마음이 오소소 떨리는 것은 이 속에 어떤 사랑의 이야기가 담겨 있고, 그 사랑 때문에 얼마나 마음 아파하고, 혹은 미움을 빌려 사랑을 확대하는 모습들이 어떻게 형상화되어 있을지 기대하기 때문이고, 이를 위해 이 책의 주인공들이 얼마나 많은 밤들을 하얗게 밝혔는지 상상할 수 있기 때문입니다.

# 시, 진정성에 귀 기울이기

　작은 것이 아름답다고 하지요? 마찬가지로 내 주변 우리 곁에 가까이 있는 것들이 저기 멀리 있는 것들보다 훨씬 더 소중합니다.

　우리 시인들은 그렇게 시를 썼습니다. 우리가 아는 좋은 시의 재료들은 우리 가까이에 있는 것들이었습니다. 김소월의 누나, 강변, 엄마, 진달래꽃 같은 것들, 최하림의 봄, 나태주의 풀꽃, 장석주의 대추 한 알, 안도현의 연탄재 같은 것들이 그것입니다. 마찬가지로 시가 수용하고 있는 서정들도 우리에게 가깝고 친숙한 것들입니다. 편지에 담긴 그리움(유치환), 새악시 볼에 떠오르는 부끄럼(김영랑), 별 하나마다 불러보는 추억과 사랑과 쓸쓸함과 동경(윤동주), 김치보다 먼저 익은 당신의 마음(함민복) 같은 서정들도 우리의 작은 삶에서 찾아지는 것들입니다.

　프랑스의 노벨문학상 수상 작가인 르 클레지오는 사는 곳, 쉽게 지나치는 작은 언덕이나 건물 같은 것들이 문학으로 들어와야 문학과 삶이 가까워진다고 하였습니다. 특별하지 않으나 우리에게 익숙한 공간들이 더 큰 문학적 함의를 지닌다는 것이지요.

왜 특히 문학에서 작은 것, 가까운 것, 친숙한 것들이 소중할까요? 아마도 문학이 갖는 진정성의 힘은 이런 작은 것들에서 우러나기 때문이 아닌가 합니다. 우리의 삶은 자잘한 행위들로 구성이 됩니다. 아이들 책가방을 챙겨 학교에 보내는 일, 근처 공원으로 산책을 나가는 일, 책을 읽다가 인상 깊은 구절에 밑줄을 긋는 일, 우연히 친구를 만나 커피숍에서 담소를 나누는 일, 부모님께 드리는 안부 전화, 이러한 작은 단위들로 삶은 이루어집니다. 그런데 자세히 살펴보면 인간의 체취는 여기에서 묻어나고, 정이니 사랑이니 기쁨이니 슬픔 같은 마음의 표정들도 여기에서 우러나는 것입니다. 그래서 문학은 이 작은 것들의 진정성을 향해 귀를 열어놓게 되는 것입니다.

시를 읽을 때에 작은 것들이 갖는 진정성의 아름다움도 함께 읽혔으면 좋겠습니다.

# 별, 언어, 질서

절기가 추분을 지나 한로(寒露), 상강(霜降)으로 달려가고 있습니다. 가을 햇살이 찬란하지요? 그 햇살을 쏟아내는 푸른 하늘도 가을로 가득합니다. 저렇게 맑은 하늘을 수놓고 있는 흰 구름들은 어디로 가는 걸까요? 함께 떠나자는 손짓을 거절할 수 없네요. 마음 둥둥 구름을 따라갑니다.

하늘은 낮에는 구름에게 길을 빌려주지만 밤에는 달과 별에게 길을 내줍니다. 별들은 어찌 그리 제 갈 길을 잘도 아는지. 계절마다 나타나는 별들은 달라도 그들은 제 갈 길을 꼬박꼬박 잘도 찾아 흐릅니다. 간혹 이웃 별들을 따라가지 않고 제멋대로 궤도를 타는 별들도 있다지요? 바로 우리 태양계의 행성들입니다. 우리 지구의 형제들이지요. 그러나 그들의 길에도 법칙이 있어 거기서 벗어남이 없고, 질서정연한 하늘에 때로 긴장감을 불어넣기도 한답니다.

언어도 질서입니다. 별이 하늘 세계의 질서라면 언어는 인간 세상의 질서입니다. 별의 길들이 서로 어울려 아름답듯이 언어의 질서도 서로 어울려 빛이 납니다. 만약 별의 운행이 제멋대로라면 어떻게 될까요? 하늘은 온통 난리겠지요? 마찬가지로 언어의 질서가 깨지면 세상은 폭력과 무질서가 지배하는 나락으로 떨어지게 될 것입니다. 역사를 들여다보면 그러한 불행의 예를 많이도 찾아볼 수 있습니다.

　문학은 언어의 질서를 좀 더 조화롭고 세련되고 진실하게 만들고자 하는 노력이 아닐까요? 문학작품은 언어의 질서를 가장 아름답게 구성하고자 하는 노력의 결실이라고 생각합니다. 이를 통해 세상의 질서도 조화롭고 아름답게 꾸며지게 될 것입니다. 윤동주의「별 헤는 밤」이 사람들을 순수하게 하고 꿈을 꾸게 만들어 세상을 진정성 가득한 곳으로 고양시키듯이 말입니다.

# 음악은 축복입니다

　세상은 온통 선율과 리듬과 화음으로 가득 차 있습니다. 계절의 순환이 선율이요 리듬이고, 삼라만상의 어울림이 곧 화음입니다. 연암 동산에 있는 우리 학교도 음악으로 가득 차 있습니다. 사랑하는 우리 학생들 하나하나가 고운 선율이고, 가슴에는 생의 에너지가 고동치고 있고, 함께 어울려 아름다운 화음을 이루고 있습니다. 이렇게 음악은 축복입니다.

　음악이 갖는 감동의 힘은 어디에서 올까요? 철학자 칸트는 "모든 예술은 음악의 상태를 지향한다."라고 했고, 니체 또한 "음악이 없다면 삶은 하나의 오류다."라고 했습니다. 선율과 리듬과 화음으로 구성되는 음악이야말로 우주를 형성하는 질서, 존재의 본질에 가장 가깝기 때문일 것입니다. 음악이 갖는 감동의 힘은 음악의 본질과 우주적 질서가 일치하려는 데서 옵니다. 그래서 공자는 악경(樂經)을 편찬하여 춘추시대의 무질서를 다스리려 했고, 세종대왕도 음악을 통치의 근본으로 삼아서, 악률(樂律)을 정하고 여민락(與民樂), 보태평(保太平) 같은 노래를 지어 보급하였습니다.

실제로 우리는 피아노의 고운 선율에 매혹되고 관현악의 아름다운 화음에 마음을 빼앗기면서 심신이 정화됨과 아울러 세상이 봄처럼 환해지는 것을 체험하게 됩니다. 시간 예술로서의 음악은 마음이 정화되는 과정, 세계가 고양되는 그 과정을 감동이라는 형태로 마음에 새겨놓습니다. 사랑의 순수함도 관계의 진실함도 음악 안에서 더욱 아름답게 빛이 납니다.

음악은 중력을 가지고 있다지요? 우리가 저절로 음악에 끌리는 이유입니다. 얼마 전 고희(古稀)를 맞은 정경화 바이올리니스트는 "난 여전히 힘들고 지독하게 몸부림쳐야만 한 음이라도 그을 수 있다."고 했는데, 이 '몸부림'은 아마도 자신의 음악에 더 큰 중력을 부여하기 위한 노력이겠습니다. 대가(大家)임에도 불구하고 더 깊은 감동을 추구하려는 의지이고, 우주적 질서에 더 가까이 가고자 하는 소망의 표현이 아닐까 합니다.

진정, 음악은 축복입니다.